KB027597

다 똑같이 살 순 없잖아

그것대로 괜찮은 삶의 방식

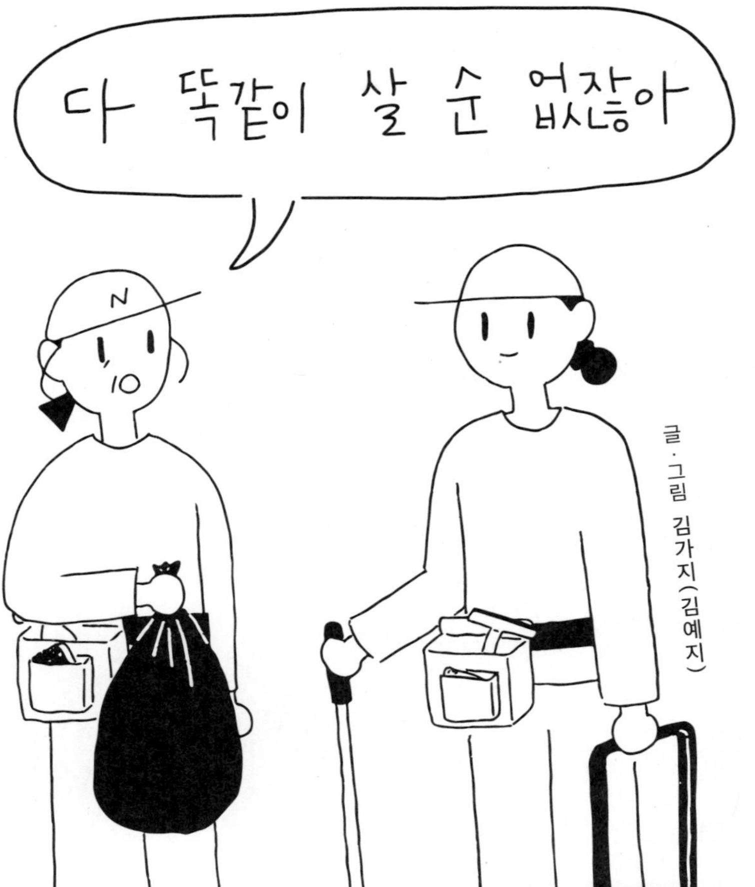
다 똑같이 살 순 없잖아

글·그림 김가지(김예지)

DARK horse

프롤로그

'나'라는 기회

스스로를 믿고 용기를 얻기까지 꽤 오랜 시간이 걸렸습니다.

늘 관심과 인정을 받고 싶었고 사랑받고 싶었지만
그럴 자격이 없는 사람이라고 생각했습니다.
그래서 항상 존재를 의심하고 자책하고 방어했습니다.

그랬던 제가 어떻게 '나 자신을 믿을 용기와 의지'를 가질 수 있었냐고요?
'사랑' 덕분입니다.

진부하기 짝이 없는 말처럼 들리겠지만 정말 그랬습니다.
끊임없이 무너지고 부서지는 순간에도
하염없이 지켜봐 주고 믿어주는 '엄마의 사랑'이 저를 일으켜 세웠습니다.

그의 이름은 '노승희' 입니다.

61년생 노승희 씨는 진정으로 행복한 마음이 무엇인지,

저 자신을 믿는 게 어떤 것인지,

'사랑을 받는 기분'이 얼마나 충만한 것인지 알게 해줬습니다.

깨끗한 사무실, 책상, 모니터와 키보드 대신

작업복, 장화, 청소 도구를 선택한 저를

늘 응원하며 바라봐주었습니다.

세상의 기준이 아닌 제 자신의 기준으로

떳떳하게 자립하도록 도와주었습니다.

그에게 받은 사랑과 믿음, 가치에 대해 이야기하고 싶었습니다.

고마움과 존경을 전하고 싶었습니다.

'나'라는 기회를 알게 해준

'노승희' 씨에게 무한한 감사를 전합니다.

만수무강, 향복무강(享福無疆, 끝없이 복을 누림)하십시오.

차례

Chapter 2

믿음이 강화되었습니다

Chapter 3

관계의 지각 변동

Chapter 4

따로 또 같이, 온전한 나로 살아보기

Chapter 1

각자의 방, 각자의 밤, 각자의 봄

우리의 가난한 시간

나는 평생 가난할 거라 생각했어.
왜?
뭐랄까… 공부도 썩 잘하지 않고
그나마 그림 좀 그리지만 대단한 것도 아니었으니깐.
나중에 어른 돼서 넉넉하게 사는 게
상상이 안 되는 거야.

그래? 너희는 그래도
차곡차곡 모으면 대단히는 아니어도
정도껏 살 거라 생각했어.
나는 사회생활도 잘 하는 편이 아니니깐
회사를 다니거나 사업을 해도 근근이 살 정도만 할 거 같고
그 돈 모아서 넉넉해질 수 없다 생각했지.
그랬어?
전혀 몰랐네.
그러니깐 희망이 없었달까?
흐음...

그런 내가 어떻게 넉넉한 삶을
감히 상상할 수 있었겠어.
지금은 어떤데?

생각보다 일이 잘 풀렸다.
ㅋㅋㅋ
엄마의 억척이 한몫해서 집도 샀다.
너도 열심히 따라와줬잖아.
고마워.
뭘! 네가 잘해서 그런 거야.

각자의 방

나 옛날에 상 받아 왔잖아.
그러냐? 기억이 안 나냐.
나 독후감상도 받고 소설 쓴 것도 뽑히고 그림상도 받았잖아.
그래?
난 네가 그림 잘 그리는 줄 몰랐어~
심각하구먼.
그때 먹고 사느라 바빠서 못 봤나 봐.
근데 뭐… 나도 엄마가 그렇게 힘든지 잘 몰랐어~

엄마가 워낙 티도 안 냈고 또 나 보기 바빠서 엄마가 안 보였지, 뭐.
그때 엄마 힘들긴 했지. 하루 종일 일하고 와서 또 집안일 하면 하루가 그냥 끝났어.
그때 우리는 서로 잘 몰랐다, 그치?
그러게 하나도 몰랐네.
나는 나대로
...
짝 정해서 줄 서라!
꺄!
학교 너무 싫다...
터벅
터벅

공부 재미없어…
하기 싫어…
나는 왜 살고 있지?
왜 태어났지?
엄마는 엄마대로
4:30
으으…
아이고!
다녀왔다.
에휴…
엄마!
엄마
배고파!
기다려~

각자의 방에 머무느라 서로가 보이지 않았다.
도대체 난 뭘까?
너무
힘들다…

애석하게도 그때의 우리는 서로를 잘 몰랐다.
또 뭐 모르는 게 있으려나?
그러게 말야~
삶의 여유 따위는 없었으며 치열하고 침울했다.
아이고 다리야··· 삭신이야···
학교 가기 싫다.
그렇게 이제야 그날의 방들을 공유하기 시작했다.
예지방
엄마방

part 1. 나의 방

우등생도 아니고
김예지
중간고사
평균 87.3
ㅋㅋ
인기쟁이도 아니고
쉬는 시간 싫어!
북적
북적
와글
와글
그림은 좀 그리지만
슥
슥
헤헤!
대단한 실력도 아닌
겁나 잘 그리잖아!
슥
슥
꿀꺽!
존재감도 희미한 나는
나도 있어…
깔깔
학교가 재미없다.
학교 졸라 싫다.
ㅆㅂ
깔깔

나는 재보다 왜 안 예쁘지?
심각하네. 내 얼굴…
왜 곱슬머리일까?
머리는 또 가관이구먼.
도대체 공부는 왜 하는 걸까?
이거 알아서 어디다 써먹어!
학교 가면 숨이 턱 막히고
아, 들어가기 싫다.
우울하고 긴장돼.
도대체 난 왜 이럴까?
WHY?

나는 어른이 되면 뭐가 될까?
공부를 잘해야 잘산다는데
너네 이래서 나중에 어쩌려고 그래?
공부를 해야 성공하지!
시 무 룩
잘살긴 그른 것 같고
망했네!
사업할 성격도 아닌데
이… 이 사업은…
크게 말해주세요!
적당히 찌든 부품으로 살려나?

이런 속상한 마음이 들어
미래가 암담하구먼…
하…
얘기할 사람을 찾아보면
두리번
두리번
답답해… 누구 없나?
그나마 있는 친구들?
어흔?
쩝… 그러게.
아님 가족들?
. . .
멍청아!
하지만 각자 사정이 있어 보여.
일단 중간고사부터…
우웩!
지친 엄마와 강압적인 아빠.
ZZZ

마냥 해맑은 오빠
어른? 몰라!
휙!
아 쫌!
난 누구랑 얘기할 수 있을까?
내 얘기 들어줄 사람이 세상에 있기는 한 걸까?
그리고 나…
흠…
좋은 어른이 될 순 있는 거야?
으어…
아이고…
어른은 다 피곤해 보여.
다들 어떻게 살고 있는 걸까?
엄마는 무엇으로 살까?
Z Z Z
나는 왜 살고 있는 걸까…
이렇게 삶이 의미가 없는데 말야.

억척

싹둑
싹둑
로션
단출~
뭐 입지?
나 피자 먹고 싶은데!
중딩
나중에~
어여 밥 먹어.
와! 웬일로 짜장면이야!?
어여 먹어.
짝 짝
과자가 뭐 이렇게 비싸…

우리 엄만 뭐 때문에
과자는 다음에 사자.
저렇게 억척을 떠나?
우리 집 많이 가난한가?
좋겠다.
저거 아낀다고 부자 되나?
세일하네!
오백 원, 천 원 더 쓴다고
SALE
어제보다 오백 원이나 싸!
우와.
거지가 되는 것도 아닌데
또 세일하나 봐야겠다!
...

나도 핸드폰 갖고 싶고
이번에 엄마가 하나 사 줬어!
신형이네.
메이커 가방 메고 싶다고
예쁘다.
레스포삭
동네가방
엄마의 억척이 자꾸만
티 하나가 뭐 이렇게 비싸!
내 마음을 갑갑하게 만들고
다 그 정도 해, 엄마. 얼마에 사려고.
어렵게 만든다.
비싸 비싸~
핸드폰은 꿈도 못 꾸겠네…
언제 벗어날 수 있을까?
가자~
예쁜데… 마음껏 사 보고 싶다.

아끼는 마음

그렇게 억척스럽던 엄마.
엄마, 전자레인지 다시 안 사?
뭐하러. 그냥 밥솥에 데워 먹어.
그것이 싫었던 나는
으뜨뜨!
아 뜨거워! 짜증나!
경제 활동을 시작하며
오늘 월급날!
아싸!
틈만 나면 소비를 해댔다.
어렸을 적에 대한 보상심리가 터져 나온 것이었다.
FLEX

그렇게 서랍이며 옷장에는
불필요한 게 쌓여 갔고
마음을 무겁게 했지만
내가 언제 이렇게 샀지?
소비의 희열은 멈출 수 없었다.
어머, 이건 꼭 사야 해!
그렇게 엄마의 '억척'에서 어떻게든 벗어나려 했다.
아, 또 뭘 그렇게 사 왔어!!
넘쳐 나면서!
아, 필요한 거야!

그러던 나는 서른 살이 넘으면서
신선코너
엄마의 '억척'을 닮아 갔다.
신선코너
아차차, 집에 있는 거부터 다 먹고 사야지.
싫었던 '억척'은
저거 좋겠다.
아, 왜!
꼭 필요한 것만 사자~
어느새 '아끼는 마음'이 됐다.
예쁘지만 별로 안 필요해.
톡!
물건과 돈을 소중히 여기는 마음
오래오래 잘 입어 주마.
그것이 주는 기쁨
말끔~

서로 그 목적이 조금 다르지만
티끌 모아 태산
쓰레기를 줄입시다.
경제적
환경적
무엇이든 함부로 소비하지 않는
좋아 보이네.
엄마의 마음이 이제는 너무 곱다.
집에도 쓸 만한 게 있는데, 뭘.
'억척'이 '아끼는 마음'으로 나의 삶에 다시 찾아왔다.
반찬통 보더니 안 샀어?
집에도 쓸 만한 게 있어서.
잘했네~ 괜히 사서 뭐해.

앞치마를 입은 엄마

초등학교 때 친구 집에 갔는데
우리 집 놀러갈래?
좋아!
그 집 어머니는
왔니?
안녕하세요.
드륵
엄마!
좋은 냄새가 나고
안녕! 네가 예지구나!
클래식 음악을 듣고
클래식?
그래.
방에 들어갈게!
거실에서 그림을 그리는 분이었다.
엄마는 그림 좀 그릴게~
응!
?!

그러다 식사도 하게 됐는데
애들아, 밥 먹자~
응!
네!
난생처음 보는 음식이
마카로니를 여기서 처음 봄
이게 뭐지?
예쁜 그릇에 담겨져 나왔다.
나는 그런 친구 집이
맛있게 먹어~
잘먹겠습니다!
응!
인정하기 싫었지만 불편하면서 부러웠다.
맛있다!

우리 집이랑 다른 이곳이
또 놀러오렴~
잘 가!
안녕히 계세요.
꾸벅
내 삶이 지금 어떤지
철컥!
은근히 알려줬다.
조-용
그때부터였을까?
딸각!
나는 엄마를 관찰하기 시작했다.
치익

증정품 앞치마
밥 먹어~
○○은행
응!
항상 피곤한 기색
엄마, 있잖아!
○○은행
엄마 피곤해. 나중에 얘기하자.
취미는…
깔 깔
음악은?
BoA
SES
싫어!
시끄럽다. 그만 들어라.
어린 아이는 가끔 극악무도해서 엄마의 사정을 봐주지 않았다.
우리 엄만 왜 저런 거야? 짜증 나!

싫었다.
집에 가기 싫다.
텅 비어 있던 집안이
후루룩
여유 없는 모습이.
뭐 물어보고 싶은데…
나는 바랐다.
예지야.
내 친구 엄마처럼 우리 엄마도 그러길.
학교 잘 다녀왔어?
응!

그러면서 동시에 죄책감도 들었다.
콩!
야, 그만해!
어렸지만 알았다.
왜?
아… 아냐!
내 부모와 다른 부모를 비교하는 게 좋은 일은 아니란 걸.
무슨 생각했어?
아… 아무 생각 안 했어!
그치만 그땐 확실히 나는 갈망했다.
...

몰랐던 마음이 보이기 시작했다

귀여운 동물들은
꺄아
너무 귀여워!
꼬물
꼬물
밥 잘 먹고 똥만 잘 싸도
끄응
까득
까득
칭찬받는 삶을 산다.
아이고,
너무 잘했어요!
기특해!
이건 유아기도 마찬가지인데
낑낑
어린 아이들은 간단한 일에도 칭찬을 받는다.
짜잔!
내가 스스로
신발 신었지롱!
짝
짝
기특해요!

그리고 나 또한 여전히
하하!
쾌변 성공!
똥만 잘 싸도
용을 봤어!
아이고, 기특해라♥
개운
짝짝
밥만 잘 먹어도
많이 먹어~
마이 쩌쳐.
칭찬받는 삶을 살고 있다.
밥도 예쁘게 잘 먹는 우리 딸♥
아주 어렸을 적부터 지금까지 현재진행형으로 말이다.
ㅋㅋ
딸이 그리 좋나?
네도 자식 낳아 봐라~

그리고 나는
매직하던 20대의 나
이 행위를 매우 싫어했다.
아이고, 우리 예쁜 딸!
아, 그만해…
밥도 잘 먹고 예뻐라!
그냥 돼지지, 뭘. 별걸 다 칭찬해!
꿀꿀
쾌변했나? 기특하다!
뭐 그냥 똥 싸는 기계지.
제조중
원초적인 칭찬이 하나도 고맙지 않았다.
밥 잘 먹고 똥 잘 싸서 뭐 어따 쓸 일도 없고 하나도 안 좋아! 흥!

그러나 사회생활을 시작하며
안녕하세요!
긴장
이 각박한 세상에선
반가워요~
다들 바빠서~
인사 잘 하고 가요!
내가 밥 잘 먹고 똥 잘 싸는 거엔 일절 관심도 없을뿐더러
아, 더 먹고 싶은데…
이제 갈까요?
네~
잘하는 일은 당연했고
수고했네.
네!
못하는 일은 바로 감점되었다.
저번 같은 실수는 또 하지 말고!
네!

언제나 내가 나를 증명해야 했다.
저 여깄어요!
쓸모의 가치
그래 넌 뭘 잘하지?
얼마나 유능한지, 매력적인지를 끊임없이 보여줘야 했다.
김예지 PR 시간
장점
장점 같은 단점
자~ 그럼 제 소개를 해보겠습니다.
그런 세상에서 아직도
그래서 제가 얼마나 쓸모 있게요~
쓸 만하쥬?
내 본능에만 충실해도
나 왔어…
고생했어. 우리 딸~

칭찬해주는 사람이 존재하고 있다는 걸 알았다.
엄마…
왜 울어?
깜짝!
그 마음이 얼마나 예쁜지 전혀 몰랐는데…
고맙고 미안해서…
얘는 진짜!
ㅋㅋㅋ
참나!
다시 들여다본 그 마음은
기특해~
잘한다~
최고!
예뻐~
치~
내 인생의 엄청난 행운이었다.
아무에게나 주어진
마음이 아니었다.

오늘도 엄마는 밥 잘 먹고 똥 잘 싸는 나를 예뻐해준다.
냠 냠
쩝 쩝
더 줄까?
맛있나?
싸 줄까?
잘 먹네?
예뻐라~
기특해라~
그리고 난 이제 그 칭찬을 감사히 잘 받아먹는다.
ㅋㅋ
엄마 그리 좋나? 칭찬만 먹어도 배부르다!
계속 해줄 수도 있다!
그 어디서도 들을 수 없는 마음인 걸 아니깐.
우리 엄마도 밥 잘 먹고 기특하다!
아게 엄마 놀리고!

무리하는 마음

어린 시절 우리 집은 넉넉한 형편이 아니었다. 그렇다고 찢어지게 가난한 것도 아닌 애매한 상태로, 마치 어중간한 회색 같았다. 그래서 정부의 도움을 받지도 못하지만 자생하기에 역부족인 이도 저도 아니어서 더 슬픈 가정이었다.
덕분에 나는 사고 싶은 물건에 대한 욕망을 누르고 살아야 했다. 내가 가진 욕망이 우리 집 살림에 얼마나 큰 누가 될지 알아차릴 정도의 눈치는 가진 아이였다.
잘나게 효도를 해 본 적은 없지만 그렇다고 속을 썩이는 아이도 아니었다.
다만 욕망에 대한 죄책감이 많은 아이였다. 친구들이 신기한 물건이나 문구 세트, 예쁜 장난감을 갖고 있으면 욕심이라 생각했고, 학원에 가고 싶은 생각마저 욕망이라 치부하며 가슴 깊숙이 묻어버렸다. 그러고는 스스로 착한 딸이라고 자부했다.

그러던 어느 날 집 앞에 있는 자그마한 프라자로 엄마와 마실을 나갔다. 동네에서는 나름 잘나가는 곳으로 나의 죄책감에 숨겨진 욕망을 일깨우던 장소이기도 했다. 여전히 괜찮은 딸이고 싶던 나는 꾸역꾸역 욕망 저장소를 채우며 각 층을 돌았다. 그런데 3층 한 옷 가게에서 마음의 평정을 무너뜨리는 강렬한 욕망과 마주하고 말았다. 그 욕망은 평소와 다르게 지독했고, 아주 격렬했다.

긴소매에 반팔 소매를 레이어드해서 입은 듯한 형태의 옷이었는데(실은 반팔 옷에 긴팔 부분만 덧대어 만든 옷이었음), 그 옷이 너무나도 갖고 싶었다. 재빠르게 가격표를 살펴봤다. 내 욕망이 허용하는 범위인지 알고 싶었기 때문이다.

너무 오래된 일이라 정확히 기억나지는 않지만 꽤나 비싼 가격이었음은 분명하다. 객관적으로 비싼 가격이 아니라 지극히 주관적인, 우리 집 사정상 윗도리 하나 값으로 지불하기에 과소비라는 생각이 드는 가격이었다. 내 욕망은 이내 죄책감으로 돌아섰다.

그런데 엄마가 옷 앞에서 서성이던 내 욕망을 발견하고 말았다.

"얼만데?"

"아냐, 엄마. 괜찮아."

엄마는 가격표를 봤다.

"어휴, 윗도리가 뭐 이렇게 비싸냐…."

나는 다시 시무룩해졌다.

"그치? 너무 비싸다, 집에 가자!"

우리는 어렸을 적부터 사람들과 잘 지내기 위해, 상처 주지 않기 위해 괜찮은 척하는 법을 배운다. 그날 나는 엄마에게 그걸 써먹었다.

엄마도 마음이 어려웠을 거다. 어쩌면 나처럼 죄책감이 들었을지도 모른다. 살기에 급급해 딸내미가 원하는 티 하나 사주지 못하는 자신에게 말이다. 우리는 그렇게 서로 이상한 죄책감을 쌓아 가고 있었다.

며칠 뒤 학교에서 돌아와 보니 책상 위에 내가 간절히 원하던 그 옷과 작은 쪽지 한 장이 가지런히 놓여 있었다. 오래된 기억이라 정확하지는 않지만 대략 '예쁘게 입어, 예지야'라는 내용이었던 것 같다. TMI를 하자면 이 쪽지가 태어나 처음이자 마지막으로 받아 본 엄마의 편지다(엄마는 글 쓰는 걸 극도로 싫어하는 사람이다. 학창 시절 위문편지를 쓰는 게 고역이어서 항상 친구에게 부탁했다는 이야기를 종종 한다).

책상 위에 놓인 옷과 쪽지를 보며 울었다. 마냥 기뻐서만은 아니었다. 고마움과 미안함의 양가감정이 동시에 들었다. 어린 나이였지만 당시 느꼈던 감정은 결코 단순하지 않았다.

가격표를 보며 좌절했던 우리, 형편상 무리라는 걸 알면서도 고민 끝에 나 몰래 옷을 사러 갔을 엄마, 누구에게는 아무것도 아니지만 우리 집 형편에는 감당하기 어려운 욕망을 품은 나, 그런 딸을 기쁘게 해주기 위해 깜짝 선물을 몰래 두고 간 엄마의 정성 등이 머릿속을 빠르게 스쳐 지나갔다. 그래도 그날의 혼란스러운 감정에서 가장 큰 비율을 차지한 건 '기쁨'이었다. 엄마가 날 사랑한다는 건 알고 있었지만, 다소 부담스러운 금액의 윗도리를 무리해서라도 사준 엄마의 정성에 왠지 더욱 사랑받는 기분이 들었다.

고등학교 시절 남들 다 입는 북쪽얼굴(노스페이스)은커녕 제대로 된 외투 하나 없었다. 당시 누구한테서 물려받았는지도 모르는 외투가 딱 한 벌 있었는데, 정말이지 꼬질꼬질해질 때까지 입고 다녔다. 나는 외형으로 빈곤함을 드러나게 하는 그 외투가 너무 싫었다.
그때도 엄마는 야쿠르트 아줌마를 하며 생긴 여윳돈으로 좋은 외투를 사줬다. 사랑하지 않으면 이토록 무리하면서까지 내어주지 않는다는 걸 본능적으로 알았던 걸까…. 그날도 엄마에게 잔뜩 사랑받는 기분이 들었다. 그후로도 엄마는 종종 무리인 옷들을 사줬다.

그리고 이제는 내가 엄마에게 가끔 무리해서 무언가를 사준다. 아니, 무리는 아니다. 이제는 어느 정도 돈을 벌기 때문에 엄마한테 그 돈을 쓰는 게 절대 무리는 아니다. 그럼에도 엄마는 몇십만 원짜리 선물을 받으면 "무리하지 마"라고 말한다. 엄마도 내가 무리해서 산 것 같은 선물을 받을 때면 나의 사랑을 느끼려나 (나와는 다르게 돈 아끼라고 잔소리를 하지만).

어린 시절 엄마의 사랑을 가장 확실하게 확인했던 방법이 무리하는 마음이었기에, 나도 가끔은 그런 방식으로 엄마에게 사랑을 표현하고 싶다. 사랑하지 않으면 절대 그 누구도 무리하지 않는다는 걸 이제 알기에… 엄마에게는 늘 조금 무리하고 싶다.

part 2. 엄마의 방

하루하루 하루살이
자! 오늘도 먹고 살아 볼까?
미래나 과거는 사치야
뭉게
미래
계획
뭉게
과거
회상
여기요~
오늘 하루도 벅차.
미
래
과
휘~ 휘~
일은 고되고
휴
축
Z Z Z
내가 꾸린 가정은 행복하지 않은 거 같아.
냉장고 정리 하라고 했지?!
?!

너희를 어찌 키울지…
엄마!
태권도, 피아노, 영어
ABCD
태권!
구몬, 눈높이, 빨간펜
똑똑!
예지야~ 선생님이야! 집에 있니?
딩동!
없는 척
교재 안 풂
이 정도면 될까?
엄마! 이거 봐! 교복 입었어!
중학교 땐 뭘 시켜야 하나?
어쩔 도리도 모르겠고, 나는 바빠 여유도 없고…
다른 엄마들은 어떤가? 하. 매일 출퇴근하고 집안일 하느라 뭐 대화할 시간도 없고.
흐음…

숨이 턱 끝까지 찬 기분이라
헉
헉
바빠!
헉
어떤 감정과 상황도 느낄 수 없고
엄마... 나 좀 봐 줘.
허둥지둥
간신히 숨 쉴 구멍이 생기면
한숨 좀 돌리자.
휴
에너지 비축을 해야 하니
그럼, 이제 자 볼까~
룰루~
너희를 보다가도
엄마, 나 왔어~
어... 왔니?
이내 흐려져 버려.
으응...
계속 자~ 잘 자.

그래도 이렇게 돈을 벌어야
여사님, 오늘 월급날이야!
그러게! 집에 가는 길에 통장 찍어 봐야지!
그나마 살림이 나아지는 걸…
이번 한 달도 수고했네. 내 자신♥
OO은행
나에게도 한가로운 날이 오기는 할까?
차 한 잔의 여유~
아, 일단 더 자야겠어. 너무 피곤해.
생각은 꿈에서 하자…

성질이 좀 더러운 편

아기 때는 진짜 순하고 착해서
방긋
방긋
손이 덜 가는 아이였는데 말야.
그새 잠들었네.
사춘기쯤 됐을까.
중2
별말도 안 했는데 버럭버럭
밥 먹어.
안 먹어!
별일도 아닌데 씩씩
왜 그래?
망할! 짜증 나!
무슨 말 하기가 무서워.
...
몰라도 돼!

내가 하는 말에 다 화만 내니까.
히~이잉
우왁!
내가 뭘 잘못했나?
?
어디 가서 저런 성질을 주워 온 거야?
뭐야?
Hi
성질
가뜩이나 힘들어 죽겠는데
아이씨!
뭐가 널 그렇게 화나게 하니?
열받아!

그냥 키우면 되는 줄 알았지

20대 후반까지 나는
뭐지 이 기분은?
이제 그만…
10대
20대
지독한 마음의 병을 앓았다.
그만 좀 괴롭혀…
불안 장애
정말 말 그대로 지독해서
멍…
나도 엄마도 모두 괴로웠다.
멍…
예지야?
그렇게 날이 갈수록 심해지는 날 보며
…

엄마는 고민하기 시작했다.
흠…
내 딸이 왜 이렇게 됐을까?
가족상담소
어떤 고민이 있으신가요?
뭘까?
마음이 아픈 이들은
가족상담소
그래서 우울증을 앓았어요.
그러셨군요.
부모 영향을 받는다던데…
가족상담소
부모님과는 관계가 어떠셨나요?
내가 뭘 잘못한 걸까? 내가 잘못 키운 걸까?
부모 때문인 걸까?
가족상담소
흑흑…

엄마는 겪어 보지 못한 마음이라
나도 가끔 우울하고 힘들지만 저렇게 깊은 우울함은 모르겠어...
내가 어려웠다.
도대체 무슨 마음이니?
...
예지야.
그냥 사춘기거나 조금 예민한 아이라고 여겼다.
싫다고 했잖아! 몇 번을 얘기해!
꽥!
꽥!
네 마음대로 해라.
하...
그런데 그 아이가 정도를 넘어서니 혼란스러웠다.
멍...
미안. 하루 종일 누워 있었어... 아무것도 할 수가 없어... 미안...
괜찮아.

난 그냥 키우면 된다고 생각했어.
자식 키우는 일이야
남들도 다 하는 거잖아.
그렇게 어려운 일이라고는 생각 안 했어.
헤헤
엄마 뭐해요?
너희가 어렸을 때까진
정확히 말하자면 네가 많이 아프기 전까지 말야.
여기 봐!
찰칵!

그냥 작은 우여곡절쯤 겪으며 너희는 커 가고 나는 늙어 가는 게 순리라고 생각했어.
어무이 그때 기억나나?
그라믄~ 다 기억나제.
홀홀
골골
근데 네가 아프면서 남들 다 한다고 쉬운 게 아니란 걸 알았어.
엄마, 나 이제 자식 못 낳는다!
니는 절대 자식 키우지 말래이~
참말로 쉬운 게 아니라 카이.
골골
나의 미래 예상도
남들도 남모르는 사정이 있었고
사실 엄청 힘들다고!
뭐~ 사는 게 다 그렇죠.
우리도 예외는 아니었지.
엉엉

그냥 키우면 되는 줄 알았는데 아니었어. 잘 키워야 되는 거였어.
충분히 잘 키웠다.
좀 더 들여다보고
왜?
예뻐서 우리 딸
대화하고 그럴 걸.
오늘 어땠어?
뭐… 그냥…
미안하다, 엄마가…

“참았다기보다는 이해하려고 했어”

2021년 말 오랜만에 고등학교 친구들과 방 3개인 숙소를 잡고 제주도 여행을 떠났다. 성인 넷, 아이 하나. 그러니까 여행 인원은 총 다섯 명이었다. 첫 번째 방은 친구 두 명이 쓰기로 하고, 두 번째 방은 친구와 친구의 아이에게 배정됐다. 그리고 마지막 세 번째 방의 주인은 내가 되었다. 몇 번의 여행을 통해 잠자리가 바뀌면 불면증을 겪는 나를 아는 친구들이 혼자 자도록 배려해준 것이다.
따뜻한 바닥, 푹신한 이불, 친구들의 배려가 있었음에도 불면증에 당첨되고 말았다. 억울하고 슬펐지만 어쩔 도리가 없다. 내가 억울하다고 해서 잠들 수 있는 문제는 아니니까 말이다. 자포자기 심정으로 숙소에 놓인 책을 펼쳐 들었다. 활자를 위로 삼아 불면의 시간을 얼마쯤 보냈을까… 새벽 1시쯤 거실로 누군가 나오는 소리가 들렸다.

‘화장실에 가려나’ 생각하고 다시 책을 읽는데 정체불명의 친구는 한참이 지나도록 방으로 들어가질 않았다. 불면의 밤을 같이할 동지가 생겼다니! 기쁜 마음에 거실로 나가 동지의 존재를 확인했다. 우리 멤버 가운데 유일하게 결혼하고 유일하게 부모가 된 친구가 왠지 쓸쓸한 모습으로 거실 식탁에 앉아 핸드폰을 뒤적거리고 있었다.
“안 자니?”
“응, 자다 깼어.”

아이를 재우면서 함께 잠들었다가 새벽녘 잠이 깬 듯했다. 그 친구에게는 낯선 상황이 아닌 모양이다.

"평소에도 아이를 재우다가 같이 잠이 들면 이상하게 이 시간에 깨더라고. 그럼 1시부터 4시까지 혼자 시간을 보내. 내가 언제 이렇게 혼자만의 시간을 갖겠어. 조용하고 좋더라고."

아아, 육아에 지친 나의 친구여,

혼자만의 시간이 필요했구나…

하지만 오늘은 아니란다!

고등학교 때부터 또래보다 성숙한 기운으로 늘 진중했고 차분한 친구였다. 그래서일까. 때로는 다른 사람의 감정을 꿰뚫어 보는 느낌도 들었다. 그런 친구가 가끔은 불편할 때도 있었다. 좋은 감정을 꿰뚫어 보는 건 괜찮지만 나의 어두운 부분도 꿰뚫어 보는 느낌은 썩 반갑지 않았다. 실제로 그 친구는 내가 숨기고 싶어 하는 부분을 종종 발견하곤 했다.

아무튼 그 친구는 고등학교 때 느꼈던 느낌 그대로 차분하고 진중하게 아이의 감정을 살펴주는 좋은 부모의 모습을 하고 있었다.

"네가 아이를 키우는 모습이 정말 보기 좋더라."

"그렇다면 다행이네. 근데 아이를 기르는 건 정말 어려운 일인 것 같아."

"뭐, 굳이 경험해 보지 않아도 알 것 같긴 하다. 그래도 넌 아이 감정을 잘 헤아려주면서 아이랑 잘 지낼 것 같아."

순간 우리를 키워준 부모님의 마음이 어떠했을지 떠올랐다.

"내가 아이를 길러 보니깐 엄마 마음이 뭔지 이해되는 부분이 생기는 거야. 전에는 도무지 알 수 없던 마음이었거든."

아이와 자신의 관계에서 도통 이해되지 않았던 엄마의 마음을 발견한 친구. 결국 자신이 겪어야지만 뼛속까지 상대를 이해할 수 있다는 진리는 변함없는 것 같다(그놈의 역지사지 말이다).

"부모는 참아야 할 순간이 참 많아. 너희 어머니도 그러셨을걸? 너와의 관계를 위해 많이 참고 희생해서 지금 너와 엄마의 관계가 존재할 수 있는지도 몰라."

나는 이 말이 납득되지 않았다.

"그런가? 엄마가 참았나? 엄마는 워낙 낙천적이라 그냥 다 넘겼던 거 같은데."

"뭐, 그럴 수도 있고. 하지만 노력은 하셨을 거야. 좋은 관계를 위해서."

엄마와 내가 이렇게 돈독한 건 운 좋게도 우리의 합이 잘 맞았기 때문이라고 생각했다. 그런데 그날 처음으로 '이 관계가 노력으로 이루어진 산물인가?' 하는 궁금증이 생겼다. 운이 아닌 노력의 성취였다고?

새벽 1시에 시작된 대화는 5시까지 이어졌다. 우리는 잠의 시간을 빌려 차분하고 나지막이 자신의 이야기를 나눴다. 그 덕분에 여행이 끝나고 돌아가면 엄마에게 물어볼 게 생겼다. 나를 위해 참았던 것이 있느냐는 질문 말이다.

얼마 후 엄마와 부엌에서 잡채를 만들던 중 불쑥 여행지에서의 그 질문이 떠올랐다.

"엄마, 내가 이번에 제주도 여행 다녀왔잖아."

"응."

"친구가 그러는데 엄마가 많이 참아주고 있을 거래, 우리 관계를 위해서. 엄마 많이 참았어?"

엄마는 한 치의 망설임도 없이 대답했다.

"그걸 말이라고 하니? 엄청 참았지!"

양심상 엄마도 조금은 참고 있을 거라고 생각하긴 했지만…. 엄청 참았구나. 당황스럽네.

"아, 나는 엄마가 성격이 그러니깐 그냥 넘기는 줄 알았는데, 참아줬던 거야?"

"그럼!"

"그러고 보니 엄마가 많이 참아주긴 했어. 내가 워낙 지랄했어야지."

그 녀석, 예전부터 꽤 예리한 구석이 있더니 여전하구나.

그때 엄마가 다시 말을 이었다.

"아, 근데 생각해 보니까 참았다기보다는 이해하려고 노력했던 거 같다. 엄마도 사람인데 어떻게 만날 참겠니. 참으면 화병 들고 속이 얼마나 곪는데. 그래서 무조건 참기보다는 '쟤가 왜 저럴까?' 하고 이해하려고 했던 것 같아. '쟤도 저러고 싶어 그런 게 아닐 텐데, 어떤 마음으로 그러는 걸까?'라며 이해하려고 노력했지. 그러면 네 행동에 화가 덜 나더라고. 이유가 있을 거라고 생각하니까 견딜 수 있더라고…. 근데 가끔 너무 이해가 안 될 땐 나도 화를 내잖아."

"맞아! 엄마가 날 이해해주려고 많이 애쓰긴 했지. 그래서 엄마가 나한테 화낼 땐 '진짜 이유가 있는 거다'라고 생각했던 거 같아. 웬만해선 나한테 화를 안 내는 사람이니까. 엄마가 많이 노력해줬네."

"몰랐니?"

도무지 알 수 없는 나의 마음을 헤치고 헤쳐 이해하려고 했던 엄마의 시도가 미안하고 고마워서 눈물이 날 것 같았지만 다행히 참았다. 왠지 우는 건 조금 머쓱한 기분이 들어서….

관계에는 노력이 필요하단 걸 알면서도 엄마와의 관계는 너무 당연하게 생각했다. 엄마의 수많은 노력이 기반 된 관계를 나 혼자 신나게 마음껏 누리고 있었다. 부모가 된 친구는 그렇게 내가 겪지 못한 세계에 먼저 닿아 엄마의 마음을 전해주었다. 엄마가 선사한 이 관계가 당연한 게 아니었단 걸. 그러니 엄마의 노력을 당연하게 쓰지 않아야 한다는 걸. 나 또한 그런 노력을 알아주고 헤아려야 한다. 제주도 여행에서 겪은 불면의 밤이 근사한 선물을 해준 기분이다.

내 친구도 자신의 아이와 당연하지 않은 관계로 잘 성장해 나가길 바란다. 그리고 분명 그렇게 될 것 같다. 혜안을 가진 친구니까.

인생의 의미

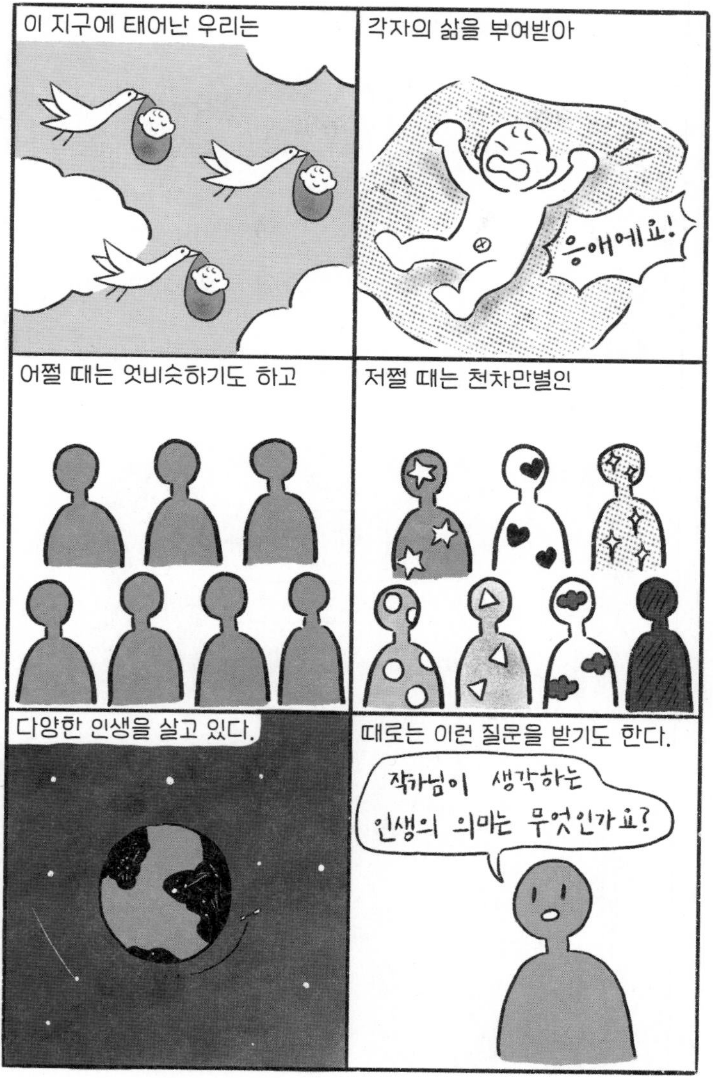
이 지구에 태어난 우리는
각자의 삶을 부여받아
응애에요!
어쩔 때는 엇비슷하기도 하고
저쩔 때는 천차만별인
다양한 인생을 살고 있다.
때로는 이런 질문을 받기도 한다.
작가님이 생각하는 인생의 의미는 무엇인가요?

그러면 나는 이렇게 답한다.
음… 저는 엄마가 낳아줘서 살아요. 딱히 어떤 의미는 없어요.
인생
人生
1. 사람이 세상을 살아가는 일
2. 어떤 사람과 그의 삶 모두를 낮잡아 이르는 말
3. 사람이 살아 있는 기간
예전에는 나도 의미를 찾았던 적이 있다.
친구야, 너는 왜 살고 있냐?
짠~
그럼 죽냐?
아니, 그런 뜻이 아니라!
엄청난 부자도
돈이 아주 남아돈다!
대단한 사람도 딱히 되고 싶지 않다.
멋져…
꺄…

아… 못 되는 걸 수도…
긁적
하하…
여하튼 산다는 것에
산다는 건 꿈을 이루는 삶을 사는 걸까?
한참 의미를 찾던 나는
목표를 가지고 살면 의미가 좀 있으려나?
불현듯 그 행동을 멈췄다.
근데…
의미가 없어도 되지 않나?
그러던 어느 날 엄마가 얘기했다.
근데 있잖아, 요즘 나는 '왜 살고 있지?'란 생각이 들었다.

깜짝 놀랐다.
응…
그랬어?
매사 밝고 긍정적인 엄마인지라
너도 따라 불러 봐~
랄라~
짝!
짝!
싫엉.
이런 모습이 낯설면서도
그런 생각 처음 해 본 거야? 아님 예전에도 해 봤어?
한편으론 다행이었다.
이번에 처음으로 해 봤어.
왜 그런 생각을 했어?
나한테 말해 줘서 말이다.
너희도 이제 다 컸고 악착같이 돈 안 벌어도 되니깐… 딱히 살 이유가 사라진 기분?
그랬구먼… 나도 예전에 그런 고민을 한 적이 있었거든?

근데 어느 순간 사는 데 의미가 없어도 된다는 생각이 들면서
엄마가 낳아줬으니깐 그냥 명 다하는 때까지 살면 그만이지~ 싶더라고.
이 말이 좀 도움이 될까?
ㅋㅋ
그렇네~ 꼭 의미가 있을 필요가 있나. 태어났으니 사는 거지!
그리고 난 엄마 없음 못 사니깐 그래서도 살 의미가 있다!
그럼 우리 둘 다 그런 의미로 오래 살아야겠네!
맞아!

우리를 키우던 목표도
너네 학교 안 늦니? 빨리 먹고 가!
네.
웅.
돈을 악착같이 벌어야 하던 때도
아이고 삭신이야…
지난 지금이지만
근데 또 끝난 게 아냐.
너네를 제대로 독립시켜야 그게 끝이지.
애석하게도 또 다른 과제가 남았다고 한다.
ㅋ
그… 그렇지.

12년식 모닝

중고차 딜러를 만나기로 했다. 지인의 지인이라는 것 외에 아는 건 없었지만 '설마 사기를 치진 않겠지'라고 믿으며 약속 장소로 향했다. 가벼운 인사를 끝내기 무섭게 몇 가지 차종을 소개받았다. 만나기 전 가능한 예산을 알려준 덕에 상대는 그에 맞는 자동차 리스트를 뽑아 둔 상태였다. 우리의 예산은 800만 원, 그 이상은 무리였다.

선택의 폭은 그리 넓지 않았다. 아빠와 나는 최소한의 선택지를 앞에 두고 최선을 다해 고민했다. 누군가에겐 800만 원이 큰돈이 아닐 수 있겠지만 나에겐 전 재산이나 다름없는 금액이었다. 그런 돈을 허투루 쓰고 싶지 않았다.

아빠와 나는 고심 끝에 '12년식 올뉴모닝'을 선택했다. 차를 구입했을 때가 2014년이었으니 세상에 나온 지 3년밖에 안 됐다. 게다가 2만 킬로미터밖에 뛰지 않은 착한 녀석이었다. 시승과 점검을 위해 중고차 시장으로 출발했다. 그곳에 도착한 지 얼마나 지났을까. 어마어마하게 많은 차량 사이에서 우리가 고른 귀여운 녀석이 모습을 드러냈다.

차에 대한 짬이 없던 나 대신 운전 경력 30년은 족히 넘는 아빠가 이것저것 살펴보기 시작했다. 겉 때깔을 보고 도로 주행도 직접 해 본 결과 800만 원에 적합

한 녀석임을 직감할 수 있었다. 망설임 없이 계약서에 사인했다. 드디어 생애 첫 차가 생긴 것이다!!! '진짜 어른'이 된 기분이었다.

9년의 시간이 흘렀고, 녀석은 어느새 27만 킬로미터라는 숫자를 자랑하게 되었다. 그사이 모닝은 조립식 차량이라고 말해도 무리가 없을 만큼 많은 부품을 교체하는 풍파도 겪었다. 돈을 벌 때는 물론 두터운 관계를 만들어 나갈 때도 녀석은 늘 내 곁에 있었다. 모닝은 그렇게 든든한 조력자가 되었다.

엄마와 일하면서 우리는 차 안에서 많은 대화를 나눌 수 있었다. 농고를 나온 엄마는 차창 밖으로 스쳐 지나가는 수많은 식물의 이름을 알려줬다. 엄마가 농고를 졸업했다는 것도, 이렇게 많은 식물의 이름을 아는 사람이라는 사실도 그때 처음 알았다. 날이 선선해진 날에는 소나무 잎이 우수수 떨어진 길을 보며 어린 시절 산에 올라 '갈비'를 모아 오던 이야기도 들려줬다. 경상도에선 소나무 잎을 '갈비'라고 부른다는 것을, 그걸 모아 아궁이의 불쏘시개로 쓴다는 사실도 처음 알았다. 내가 세 살까지 인천 가좌동에서 살다가 안산으로 이사 온 것도 차 안에서 알게 됐다. 나는 부산에서 태어난 후 곧바로 안산으로 올라와 계속 산 줄 알았는데… 충격이었다.

엄마도 마찬가지다. 엄마 역시 내가 10대와 20대를 어떤 마음으로 보냈는지 차 안에서 좀 더 깊이 알게 됐다. 엄마는 내가 그렇게 힘들고 어두운 시간을 보냈는지 몰랐다고 말했다. 나 또한 엄마가 어떤 마음으로 오빠와 나를 키웠고, 지금은 어떤 마음으로 살아가고 있는지를 알 수 있었다.

이런 대화는 '모녀 관계'를 떠나 엄마와 내가 개인으로 살아가고 있다는 자각으로 이어졌다. 엄마도 철없던 어린 시절이 있었다는 것을, 부모가 되어 불안하고 어려웠다는 것을 왜 미처 알지 못했을까. 마치 처음부터 '완성된 엄마'로서의 역할만 생각해 왔다. 하지만 이젠 '노승희'라는 사람이 어떤 과거를 거쳐 현재를 살아가고, 미래를 꿈꾸는지 생각할 수 있게 됐다.

엄마도 그럴 것이다. '김예지'라는 사람을 더는 보살핌의 대상이 아닌 사회의 일원으로 받아들여야 함을 알게 됐다. 이런 대화를 나누면서 우리는 점차 서로를 어떻게 대해야 하고 인식해야 하는지 많이 배우기도 했다. 12년식 모닝은 그렇게 조수석과 운전석이라는 작은 공간을 원대한 공간으로 만들어줬다.

중고차에다 경차인 덕분에 딱히 어디 가서 자랑할 만한 구석은 없다. 돌에 맞아 금이 간 앞 유리도 교체해주지 않는 애정 없는 주인을 둔 처지다. 그럼에도 녀석은 조용하고 묵묵히 내 삶에 스며들어 자신의 역할을 게을리하지 않았다. 나도 모르게 나 자신을 성장시키고 있었다.

생각해 보면 '소중하다고 깨닫게 되는 것들'은 언제나 곁에서 조용히 자신의 소임을 다하고 있다. 사람도 물건도 경험도 모두 말이다.
앞으로 얼마나 더 함께할 수 있을지 모르지만 청소일을 그만두더라도 엄마와 자주 차를 타고 싶어졌다. 그 작은 공간에서 우리가 얼마나 단단해졌고 서로를 이해하게 됐는지 알았으니 말이다.

"녀석, 모두 네 덕분이다. 고마워, 앞으로도 잘 부탁한다."

(아, 나만 잘하면 된다!)

Chapter 2

믿음이 강화되었습니다

61년생 노승희

오 남매 중 첫째로 태어난 승희 씨,
외할아버지
외할머니
노승희
여
남
여
여
그녀는 작고 새침한 소녀였다.
새침
새침
낙천적이고 해맑았으며 남학생들에게 꽤 인기가 있었다.
아… 편지…
까르르
학교를 졸업한 후에는
졸업 해도 연락하자!
졸업앨범
바로 경제활동을 시작했고
안녕하세요. 어디로 연결해 드릴까요?

스물네 살 짝을 만나 결혼을 해
결혼합시다!
두 아이의 엄마가 된다.
이게 뭐꼬?
동생이지.
그때부터였을까…
살살 만지렴.
책임감이란 단어가 깊이 개입해
건강히 잘 키워야지.
자신도 몰랐던 모습을 마주하게 된다.
...
이 가격이면
애들 학습지가 몇 개야…
세일 중이에요!
입어 보세요.

결혼 전 월급날엔
아싸!
예전엔 월급을 봉투에 받았다.
질이 좋은 옷을 사고
이거 주세요~
소재가 좋아서 오래 입으실 거예요!
자신을 위해 썼던 승희 씨.
잔뜩 사 가야지
그러나 결혼 후
감사합니다.
월급이요.
많은 것을 포기해야 했다.
가는 길에 은행에 저금해야지.
꼬옥
나 아닌 다른 사람을 위해
저금해 주세요.
목돈이 있어야 일이 생겨도 해결하지.

승희 씨는 그 시절부터
예쁘다.
포기하는 법을 배웠고
필요 없잖아.
인내하는 법을 배웠다.
부글
부글
꾸엑!!
자신이 선택한 결과를
결혼하겠습니까?
네.
아이를 낳겠습니까?
네.
온전히 책임지기 위해
결과물
엄마!
마냥 낙천적이지 않게 됐다.
어떻게든 되지 않아!
지금 이 문제의
해결책을 찾아야 해!

한편으로는 다른 이를 진심으로 사랑하는 법을 배웠고
자신의 상황을 긍정하는 법을 배웠다.
있는 그대로 상황을 인정한다.
그러하다고 생각하여 옳다고 인정함.
61년생 노승희 씨는 그렇게
새침
62년 꾸준히 성장해 나아갔다.

전화 교환원

열아홉 살 고등학교를 졸업한 엄마는
전복순
노승희
이말순
딱히 대학에는 취미가 없었고
내?
니는 졸업하고 멀할끼고?
사회의 일원으로 돈을 버는 것이 더 적성에 맞았다.
돈 벌어야재.
경상도 출신

엄마가 처음 선택한 직업은
누군가 전화를 걸면
OO부서 OOO 사원 바꿔 주세요.
상대에게 연결해주는
네, 잠시만 기다려 주세요.
아날로그식 전화교환원이었다.
해당 부서 번호에 잭을 연결하면 통화가 넘어간다.

처음 하는 사회생활이었지만
?
허둥
아, 죄송합니다!
다시 연결해 드릴게요!
잠시만 기다려 주세요.
자둥
나름 자신의 방식으로
곁눈질로
배우는 중
척
척
적응해 나가며
네, 바로
연결해 드릴게요.
척
척
최적의 근무 환경도 찾아갔다.
교대근무표
주간
야간
흐음...
고민...

조용한 걸 좋아하는 엄마는
따르릉
누구 씨!
웅성
네!
따르릉
웅성
딸칵!
아… 너무 시끄러워!
교대근무 중 야간조를 자주 택했고
교대근무표
주간
야간
아, 또 야간이네…
내가 주간이랑 바꿔 줄게!
자기에게 맞는 근무 환경을 찾아내고야 만다.
고
요
아, 좋다!

낮 시간보다 걸려오는 전화도 적었고
조용하고 한적한 사무실도 좋았다.
그러다 꽤 늦은 밤엔 같이 일하는 동료와 의자를 붙여 쪽잠을 자거나

쏟아지는 졸음을 피하기 위해 머그컵 가득 커피를 타 마셨다.
Coffe
크림
그래도 졸음을 피할 수 없어 깜박 잠이 들어버릴 때면
zzz
꾸벅
꾸벅
오랫동안 교환원을 기다린 사람들에게
전화가 오면 소리는 안 나고 빛이 깜박인다.
꾸벅
꾸벅

혼쭐이 나기도 하고
빨리 안 받고 뭐하는 거예요!
아! 죄송합니다!
피로를 위로받기도 했다.
많이 피곤하죠? 고생이 많네요.
감사합니다.
그렇게 잘 적응하며 지낼 때쯤
그래서 진짜 깜짝 놀랐어!
알지! 나도 그랬잖아!
한 동료가 미팅을 주선했다.
아, 승희야~
너 미팅 안 할래?

미팅

당시 남자친구도 없고 무료했던 엄마는
갑자기 웬 미팅?
어때? 할 거야?
흔쾌히 그 제안을 받아들였다.
그래~ 마침 적적했는데 해 보지, 뭐~
아싸!
미팅 상대는 동료의 대학 동기와 그의 회사 동료들이었고
안녕하세요! OOO의 대학 동기 김원식입니다.

그중 한 명이 바로 우리 아빠였다.
아빠
그래서 둘이 어떻게 이어질 수 있었냐면
자, 그럼 미팅의 꽃! 짝 정하기를 해 볼까요?
옛날 드라마처럼 한쪽이 익명으로 물건을 내놓으면
여자분들 눈 감으시면 남자분들이 물건을 내놓으세요!
지갑
손수건
성냥갑
허둥
지둥

다른 한쪽이 고른 물건으로 짝을 정했고
자, 그럼 여자분들은 마음에 드는 물건을 선택하세요!
성냥갑
엄마는 아빠의 물건을 골라
전 이거…
손수건
서로의 짝이 되었다.
아, 제 물건입니다.
이날이 바로 역사의 시작이었다.
자! 다 정했나요?

짝이 된 이후
둘은 호감을 확인하고
저 계속 연락해도 될까요?
아… 네!
당시 서울에서 회사를 다니던 아빠와
원식 씨!
네!
부산에서 전화교환원을 하던 엄마는
네, 어디와 연결해 드릴까요?
장거리 연애를 시작하게 됐다.
서울
너무 멀어!
부산

직업 특성상 전화가 수월했던 엄마
어쩌고
저쩌고
서울
부산
조잘
조잘
무탈하게 3년을 만나 오던 중
만난 지 벌써 3년이다.
갑작스레 결혼 허락을 받아
따님과 결혼하겠습니다!
장거리 연애를 끝내고 부부로 살게 되었다.

엄마가 되었다

신혼집을 차리고 가정을 꾸렸다.
처음 신혼집은 인천이었다.
인천
서울
부산
아이를 가졌다.
안 가질 이유가 없었다.
당연히 아이는 낳아야지.
지금은 아이를 낳는 것이 선택이지만 그 시절은 필수에 가까웠다.
!?
왜?
?!
결혼했는데?
난 아이 안 낳을 거야.

신념을 가진 소수의 사람이나
아이 없이 살고 싶으니깐.
쯧쯧
말세다. 말세.
어쩔 수 없는 상황 말고는 그랬다.
난임이라서요...
아이고 어쩌나...
그렇게 엄마는 첫째로 아들
둘째로 딸을 낳아
적절한 비율로 자식을 낳는 데 성공했다.
아들 못 낳았다고 구박 안 받고
아들 하나
딸 없는 설움도 없는
딸 하나

그때부터 엄마는 자신의 이름보단
스물네 살에
첫 출산
아무개 엄마로 더 많이 불렸고
어머!
석이 엄마!
자식을 낳아 기르는 일이
꼬액!
꼬액!
그만
싸워!
생각보다 만만치 않다는 것을
사는 게 너무
힘들어 엄마...
엄마가 괜히 낳아서
네가 고생이구나...
뼈저리게 느끼기 시작했다.
넌
애 낳지마.
엥?

자신이 생각한 것보다 엄마라는 자리가 무거웠고
애 낳으면 생각보다 더 힘들 거야.
우리가 너무 고생시켰구나. 미안해…
자신 때문에 세상에 나온 아이들이 힘들 때면 슬펐다.
아니, 것보다 내가 못 해준 게 많아서 힘들어. 잘 몰랐어, 그땐. 후회돼.
에이~ 그런 거라면 아니거든! 엄마 되게 잘해줬어!
그렇게 아이를 낳아 엄마는 엄마가 되었다.
아냐, 그러니깐 넌 애 낳지 마.
어차피 같이 애 가질 남자도 없지롱~

안 해 본 일이 없어요

가계가 어려운 우리 집 사정상
이번 달 생활비
아빠는 개인 사업을 시작했다.
가정주부로만 살 수 없었기에
많이 빠듯하네…
엄마는 일을 해야 했고 잘하고 싶었다고 했다.
아, 구인광고 보고 전화드렸어요~ 아직 구하시나요?
뭐라도 열심히 해서 돈을 모으고 싶었다.
이번 달 월급이에요. 수고했어요.
감사해요.

결혼하고 난생처음 경상도를 벗어난 엄마는
그려~
어머니 아버지,
저 잘살게요.
건강하세요.
전화교환원도 그만두고
모두 잘 지내고!
고마웠어.
서울 놀러와!
잘살아!
무연고지인 수도권으로 올라와
서울역
서울…
서울에서 회사를 다니는 아빠를 따라 인천에서 살림을 차렸다.
내가 3살 때 까지 인천에서 살았다.

그 이후 안산으로 터를 옮겨
(지금도 안산에서 살고 있다.)
in안산
아빠
엄마
오빠
나
콩이
독립해서 혼자 산다.
본격적으로 일을 시작하게 되었다.
깨지 마라…
살금
살금
외벌이로는 집안 사정이 많이 빠듯했다.
우리 회사도 IMF는 못 비켜 갔네. 문 닫는데…
그게 뭐예요?
뭐? 어떡해…
왕자님

그래서 어렸을 적 기억에
엄마 또 어디 가?
엄마는 항상 일을 했었고
다시 자.
어? 깼어? 엄마 빨리 일하고 올게!
다양한 일을 했던 것도 기억이 난다.
신문 배달
야쿠르트 아줌마
보험 설계사
서빙 알바
우리가 많이 어릴 적엔 새벽 배달을 주로 했고
아빠가 출근하기 전 새벽에 일하고 들어와 어린 우리를 돌봐야 했다.
빨리 하고 가자!

그 이후로 각종 부업을 거쳐
동네 아줌마들이랑 많이 했다.
그리고 나도 도왔다.
우리가 좀 컸을 땐
응.
네.
너네 이제 다 컸잖아. 밥 알아서 챙겨 먹고.
아예 많은 시간을 들이는 일을 시작했다.
엄마 늦으니깐 알아서 숙제도 하고~
네.
싫어!
초등학교 시절
엄마는 예쁨 받는 직원이었다.
안녕하세요!
어, 왔어요!
싹싹하고 일 잘해서 다들 좋아했다.

결혼 전 욕심이라곤 없던 엄마는
그래라 가스나야!
내는 꼭 성공할기라!
니는?
별로…
결혼 후 없던 욕심이 생겨났다.
이건 시급이 더 센데 함 해 볼래요? 좀 힘들긴 해요.
괜찮아요. 할게요!
욕심 없이 살기에는 책임이 무거웠고
이 돈으론 애들 키우기에 너무 빠듯한데…
공격!
하지 마!
또 적자네…
엄마는 그 책임감을 피하지 않고 떠안기 시작했다.
아, 점장님! 저 더 일할 수 있나요?
하지 마!
아야!

판매왕 야쿠르트 아줌마

그러다 커리어 중 가장 큰 비중을 차지하는 일을 만나는데
보험 설계사
암웨이
우유 배달
서빙
?
운명과도 같은 만남이었지…
우연히 가벼운 대화가 오가다
오랜만이네요~
안녕하세요.
이 일은 어때요?
이 일? 괜찮죠!
그 일에 호기심이 생겼고
자기만 잘하면 수입 보장이죠.
오~
본격적으로 야쿠르트 아줌마의 세계에 입문하게 되었다.
야쿠르트 아줌마~
야쿠르트 주세요~
야쿠르트 없으면~
요구르트 주세요
아자 아자 파이팅!

다행히도 이 일은 적성에 잘 맞았다.
왠지 이 일
나에게 천직일 수도?
~♪
사적 자아와
완벽한 집순이
TV는 나의 베프!
공적 자아도 잘 배분됐고
자본주의 미소는
식은 죽 먹기지.
어머!
어디 가세요!
사실 관심 없음
열심히 하는 건 자신 있었기 때문이다.
이번 신제품입니다!
부담 없이 시음해 보세요!

매사에 밝게 웃었고
안녕하세요!
저요?!
지나가는 사람들에게
인사함
아파도 늦은 적이 없고
다녀올게.
판촉이라면 판촉
여사님,
이번 신제품
얼마나 남았어?
완판했는데?
배달이면 배달 뭐든 잘했고
1동
2동
3동
하,
다 돌렸다.
얼마 지나지 않아 판매왕이 됐다.
10월 판매순위
노승희 … …
어머나!
여사님,
일등이네!

당연히 너무 힘들었다.
새벽 4시 반에 기상
z z z
으...
나
엄마
이 일은 노동 강도가 셌고
1동
2동
3동
4동
수많은 동을 아침에 배달하고
무거운 캐리어를 끌고 다녀야 한다.
근무 환경도 만만치 않았다.
야외 근무인지라 모든 계절을 그대로 다 겪고
여름
겨울
가끔 마땅치 않으면 아파트 계단에서 밥을 먹기도 했다.
눈치
판매량이 올라간 만큼 엄마의 손은 점점 험해졌다.
무거운 캐리어
+
무거운 배달
한국 야쿠르트

엄마 인생 중 손이 가장 거친 시기였다.
고딩 시절
엄마 손이 엄청 거치네.
너도 맨날 무거운거 들어 봐라. 이리 된다!
그래도 계속할 수 있던 이유는 이 일이 엄마에겐 희망이었고
노승희 … …
열심히만 하면 다른 일보다 많이 벌 수 있어!
여사님, 또 일등이네. 대단하다!
목표였으며
애들 맛있는 것도 사 주고 저축도 해야지!
자긍심 같은 것도 주었다.
열심히 하면 이룰 수 있구나.

엄마는 어떤 일이든 감사할 줄 아는 사람이었다.
힘들지… 그래도 할 수 있는 거에 감사함이 더 커.
엄마 안 힘들어?
힘든 내색 없이
일 끝나고 와서도 우리에게 집안일을 시키지 않았다.
10년 근속을 해냈고
10년 근속 선물이래!
우린 밥솥?
온몸으로 성실함을 실천하는 철인의 모습이었다.
깼어? 더 자~ 다녀올게.
다녀와, 엄마.
철인1호

자신의 현실을 부정하지 않고 받아들였고
우울해하면 뭐해. 얼른 뭐라도 해서 한푼이라도 벌어야지.
그런 복합적인 결과물로
푹
그리고 더 잘 벌면 좋고!
비 — 장
판매왕을 놓치지 않았다.
점장
여사님~ 판매왕 비결 강연 좀 해주세요!
극내향
아, 제가 말주변이 없어서요…
그날들은 엄마의 영광이자 지독한 삶의 현장이었다.
덥다.
맴 —
신제품입니다. 시음해 보세요!
맴 —

야쿠르트 아줌마의 딸

길을 지나가면 귀신같이 찾아냈고
야쿠르트 아줌마다!
엉? 어디?
?
신제품을 꿰고 있으며
야, 너네 뭘 먹어 봤냐?
모두가 알았다.
오늘은 뭐 안 가져왔어?
이거 먹을래?
자타 공인 야쿠르트 아줌마의 딸이었다.
?!
야! 저기 야쿠르트 아줌마 지나간다!
오!

엄마가 열성적이어서 그런지 나도 그렇게 돼버렸다.
예지야, 이거 함 먹어 봐!
아, 그만 먹을래…
수금 날에는 엄마가
뭐하니? 잠깐 도와줄래?
장부에 적힌 내용을 부르면
104동 00 1호 월 2개 3천 원
타닥
타닥
컴퓨터로 옮겨 적었다.
4월 장부
타닥
타닥
당시에는 그 일이 참 싫었다.
아, 언제 끝나!
아, 좀 기다려 봐!

할 때마다 매번 짜증을 냈다.
예지야, 도와줘~
아, 싫어! 오빠 시켜!
아, 철 없던 과거의 나여…
왜 나만 시켜!
뭐 그런 엄마 덕에
오빠보다 네가 더 잘하니깐! 좀 도와줘~
아, 알았어…
숨을 좀 쉴 수 있었다.
아빠, 저 미술학원 다니고 싶은데요…
돈 없다.
다니고 싶던 학원도 다니고
엄마가 보내줄게. 너무 걱정 마.
응…
두툼한 외투도 사 입고
이걸로 할래?
좋네.

가끔 용돈도 받았다.
자, 용돈.
엥!? 이번에 실적 좋았나 봐?!
어려운 살림에 한줄기 빛이었다.
용돈 받은 걸로 사 볼까?
그래서 나나 엄마나 이 일을 더 애정했던 걸까.
이번에도 판매왕 됐지~
멋지다! 축하해!
우리는 아직도 야쿠르트 아줌마를 보면 반갑다.
?!
라떼는 말야~
요즘은 리어카도 최첨단이야.

"엄마는 왜 안 울어?"

내 왼쪽 눈에는 '눈물점'이 있다. 눈에 가까이 위치한 점을 눈물점이라고 부르는데 "눈물점을 가진 사람은 울 일이 많다"라는 속설이 있다. 그래서일까. 어린 시절부터 나는 잘 우는 아이였고, 눈물을 숨길 줄 몰랐다. 예전과 비교해 눈물점의 영향을 덜 받고는 있지만 지금도 눈물이 없는 편은 아니다. 여전히 울고 싶을 때 곧잘 울면서 스트레스를 해소하는 사람이다.

반면 엄마는 눈물 한 점 없는 냉혈한이다(아니, 갑자기). 태어나서 단 한 번도 엄마가 우는 모습을 본 적이 없다. 나에겐 너무나도 어려운 '울지 않는 사람'이 바로 엄마다.

독립하기 전 함께 드라마의 슬픈 장면을 보면 늘 우는 사람은 나였고(애써 숨기려고 노력은 했음), 눈 하나 깜짝 않는 사람이 엄마였다. 슬픈 일을 겪고 돌아와 엄마 앞에서 서럽게 울음을 터트리면 오히려 "아하하… 지금 거울 좀 봐라! 우는데 미안하지만 너 너무 못생겼어!"라며 박장대소하던 사람. 오히려 우는 나를 놀리던 사람. 우는 내 얼굴이 너무 못생겨서 웃음을 참을 수 없다던 사람. 그 정도로 엄마는 눈물 앞에서 강한 사람이다.

문득 그런 엄마가 궁금해졌다.

"엄마, 근데 엄마는 왜 안 울어?"

뜬금없는 질문에 당황한 기색이다.
"갑자기 그런 걸 왜 물어?"
"그냥. 엄마가 우는 걸 한 번도 본 적이 없어서 궁금했어."
"음… 그냥 울면 쪽팔리잖아. 그래서 안 울어."
'원래 눈물이 없어서' '슬프지 않아서'라면 이해하기 쉬울 텐데 '쪽팔려서 울지 않는다'라니 더욱 미스터리다. 엄마가 이처럼 가오에 죽고 못 사는 사람이었다니.

"그럼 엄마는 나 울 때 왜 그렇게 웃어?"
"아, 너 우는 얼굴이 진짜 웃기고 못생겼어. 안 웃을 수가 없어, 정말이지…."
갈수록 엄마가 멀게 느껴졌다. '공감성 수치가 낮은 사람인가'라는 생각도 들었다(진지하게). 우는 내 얼굴이 얼마나 웃기는지 궁금해지던 찰나 엄마가 먼저 말했다.
"사실은… 네가 우는 게 슬퍼서 웃기도 했어."
"응? 정말?"
"네가 그렇게 우는데 내가 같이 울면 더 힘들잖아. 진짜 우는 네 얼굴이 웃기기도 하고. 그래서 웃어버렸지, 뭐. 그럼 눈물이 안 나더라고."

물어보지 않았다면 몰랐을 일이다. 울 때마다 내 얼굴을 보고 웃는 엄마를 이해할 수 없었는데 저런 마음이 숨겨져 있었다니 새삼 놀라웠다. 불행 중 다행이라는 말은 이럴 때 쓰라고 있는 것인지. 처음으로 우는 얼굴이 못생겨서 안도했다. 내 얼굴로 가오에 죽고 못 사는 엄마의 눈물을 지켜줄 수 있으니 얼마나 다행인가.

눈물을 주체할 수 없을 때는 눈물 조절 능력을 가진 엄마가 상당히 이질적으로 보였다. 인간이란 모두 다른 존재라고 하지만 나와 다른 엄마를 알아 갈 때마다 놀랍다. 하지만 엄마의 그 다름 속에는 나처럼 '울고 싶은 마음'이 존재하고 있다는 걸 이제는 안다. 마음을 제어하지 않고 쏟아내던 나와 달리 엄마는 제어 장치를 작동시켰다는 걸 말이다.

더는 엄마의 눈물이 궁금하지 않다. 엄마가 눈물이 적은 사람임에 분명하지만 눈물 대신 흘리는 웃음과 담담함이 꼭 '울고 싶지 않아서'는 아니라는 걸 안다. 엄마는 그저 울고 싶은 마음을 자신의 방식대로 표현하고 있었을 뿐이다. 우리는 각자의 슬픔이 존재한다는 걸 알았고, 엄마는 그저 눈물을 슬픔의 수단으로 이용하지 않았을 뿐이다.

우냐!
그래!
훌쩍

마인드의 대물림

남 때문에
엥? 그런 걸 왜 해?
내 선택을 미루지 말 것
내가 하고 싶으니까
그런 의미로 엄마는 독고다이이다.
무소의 뿔처럼 나아가라!
내세울 것이 없어도
전원 주택
엄청 잘난 자식
명품가방
없어!
딱히 창피해하거나 좌절감을 느끼지 않는다.
근데 없어도 딱히 사는 데 지장은 없다~

오히려 당당하고
그 나이에 청소일 하고 우리 딸 기특하지!
부정하는 사람은 거리를 둔다.
그래도 좋은 일 시켜야지.
결혼은?
손절각이군.
누군가에게 자신을 인정해 달라고 요구하는 법이 없다.
좋으면 보고~ 싫으면 말고~
항상 이 점을 닮으려 한다.
멋진걸!
!?

그리고 일할 땐
4:30
으으...
열이 남
책임감이 매우 강하며
에휴, 나가야지...
무슨 일이든 매번 최선을 다하고
돈 받고 일하는 건데 그만큼 최선을 다해 줘야지! 나한테 돈 쓴 보람 있게.
고객과의 약속을
아, 출근 전에 해달라고요? 알겠습니다!
최우선으로 했다.
거기 먼저 하면 동선 꼬이는데!
그래도 어제 부탁하는데.

그 덕에 나 또한
뽑아 주시면 열심히 하겠습니다!
초년생 때와 비교해
뽑혔지만 출근하기 싫다. 월차 써야지…
로또나 돼라…
상당한 책임감을 습득했고
일어나~ 일은 원래 하기 싫은 거야~
하하
청소일을 시작하고 나서
프리랜서로 일하며
의뢰 메일이 왔군!
우두둑
그들의 요구 사항이나
시안 작업
4컷 만화 형식
OK!
마감 기한을 잘 챙기며
맞췄다!
하하…
꾀죄죄

책임감 있는 어른으로 성장했다.
아, 출근해야지…
엄마의 본보기 덕분이다.
잘 일어나서 왔네~
기특한 것!
헤헤
엄마가 뿌린 씨앗들은
나도 모르는 새 심어져
어느 순간 내 인생에
성실
안정
책임
싹을 틔우고 있었다.
성실

믿음을 가질 용기

등잔 밑이 어두워
누가 날 사랑해 주나요?
미처 발견하지 못했던 마음을
어이!
문득 발견한 후로 나는 변했다.
언제부터 거기 있었어?
어느 드라마 대사처럼
날 추앙해요!
존재 자체를 힘껏 응원하는 엄마를 발견했다.
계속 쭉~ 여기 있었는걸.

유레카!
이후 용기 내지 않으면 절대로 가질 수 없던 믿음들을
딸, 예뻐! 사랑스럽고!
아니야, 잘 못 본거야.
잘하는 것도 많고!
기특해!
하나씩 용기 냈다.
저 말들을 믿어도 될까?
믿어 봐?
사랑받는 존재라는 믿음,
잘할 수 있단 믿음
충분히 믿어도 돼!

그리고 사랑할 수 있다는 믿음과
나도 있었구나!
그 사랑을 발견할 수 있다는 믿음
잘 사용해 주마.
똑같이 그 자리에 존재하고 있었지만
차마 가질 수 없던 믿음을 이제 용기 있게 가진다.

내 존재와 다른 존재 모두 사랑할 수 있다는 믿음 말이다.

믿음이 강화되었습니다.

내 뜻대로 '다르게'

그러므로 나는
깔깔
남과 다를 수 있다는
저 청소일 하는데요?
큰 용기를 가졌다.
다 다른데 어떻게 다 똑같이 살아.
맞아.
부끄러울 것도 없고
끙차!
쓰레기
스스로에게 떳떳한
휴!

뭐든 할 수 있고
고양이 봉사
뭐든 될 수 있었다.
시원해~
매직을 멈추고 곱슬(본래 머리)
숏컷이 되었다.
나의 행복을 바라는 사람 덕분에, 믿음을 주는 사람 덕분에
내 뜻대로 '다르게'
비건 지향
비혼
미니멀리스트
제로웨이스트
힘차게 용기 내기 시작했다.
KIMGAAJI
청소하고 그림 그리는 작가
#비건지향 #비혼주의
#미니멀리스트 #최소한의삶

삶에서 엄마가 준 가장 큰 선물.
적당히 욕심을 내도
혹은 욕심을 내지 않아도
허점투성이여도
나는 나대로
다를 수 있게 됐다.

목숨의 지분

인생을 살면서 죽고 싶다는 생각을 해 본 적이 없는 사람도 있다고 한다. 그런 사람의 마음을 1도 알 수 없던 때가 있었다. 나는 진심으로 죽고 싶었던 적이 있기 때문이다. 요즘은 다행히 그런 생각을 하지 않는다.

진심으로 죽고 싶었던 시절에는 세상이 원망스러웠다. 성격, 환경, 외모는 물론 내가 가진 모든 게 거지 같아서 꼴도 보기 싫었다. 나를 위하는 이가 하나도 없는 듯했고, 나란 인간은 괜히 존재해 쓸데없이 공기나 낭비하는 것 같았다. 이런 마음을 지니고 사니 당연히 죽고 싶었겠지….

그때의 나는 철저하게 불행만 찾아다녔고 우울함만 취급했다. 덕분에 인생은 빈틈없이 그쪽 방향으로 흘러갔다. 하지만 죽지 못했다. 몇 번의 시도 끝에 나는 죽음보다 아픈 게 더 두려운 사람이라는 것을 알았다. 고통스럽게 죽는 것보다 처량스럽게 방구석에서 쭈그리고 앉아 세상 모든 불행을 만끽하는 게 더 낫다는 생각이 들 정도였다.

그래서 살았다. 그렇게 생을 이어 나가려고 하다 보니 불행, 우울이랑 멀어지고 싶어졌다. 하지만 내가 선택한 감정들은 어느새 나를 지배하고 있었다. 살기 위해 우울과 불행에 잠복당한 이들을 연구하고 공부한 선생님들에게 나를 돈으로 위탁했다.

그렇게 몇 년을 헤매면서 치료를 받았다. 덕분에 매일 죽고 싶던 사람이 가끔 죽고 싶은 사람이 되어갔다. 죽고 싶다는 생각을 하지 않는 사람들이 이해되는 날도 더러 생겨났다. '그냥 이렇게 하루를 살면 죽음을 생각하지 않고도 매일을 살아갈 수 있는 걸까?' 불행과 우울, 죽음으로부터 차츰 멀어지고 자살을 시도하던 때가 옅어지고 있었다.

오로지 정답이라고 생각했던 것들이 얼마나 잘못된 신념인지 알아차리는 순간 기뻐 날뛰었다.

'내가 살 만한 가치가 있는 사람이었구나. 다행이다!'

살기 위한 노력이 정말로 나를 살리고 있었다.

그렇게 적당히 잘 살아갈 때쯤 유튜브 알고리즘을 통해 '자살 유가족의 인터뷰'라는 제목의 영상을 접하게 됐다. 가까운 사람이 죽음을 선택한 뒤 남겨진 이들이 겪은 다양한 감정에 대한 인터뷰 영상이었다.

나와 엄마에겐 죽음에 대한 두려움이 공유되어 있다. 그러나 이 영상을 보기 전까지는 엄마가 가졌을 두려움에 대해 제대로 살펴보지 않았다. 가슴속 깊숙이 숨겨 놨던 죄책감을 건드리기가 싫었다. 하지만 엄마는 항상 그 두려움을 다양한 방법으로 표현하고 있었다.

"예지가 없으면 엄마는 진짜 재미없을 것 같아."

"딸이 없으면 이렇게 같이 여행도 못 가고! 예지가 있어서 진짜 행복해!"
엄마의 이런 말을 들으면서도 '나 없이 잘살 거야'라고 생각했다. '제발 살아 달라'고 애원하던 엄마의 마음을 무시하고 있었다.

어느 날 엄마에게 지인 가운데 마음이 아파 자살 시도를 했던 사람에 대한 이야기를 했다. 그러자 엄마는 예전의 내 모습을 떠올렸다.
"그땐 솔직히 네가 너무 힘들어 보여서 너랑 같이 죽어버릴까 생각도 했었다. 저렇게 힘들어 하는데 엄마가 해줄 건 없고… 그런데 네가 죽으면 엄만 살 자신이 없는 거야."
가슴 한구석이 아려 왔지만 애써 무덤덤한 척하며 "그랬구나"라고 답했다. 그러곤 집으로 돌아왔는데 온몸에 힘이 하나도 없었다. 침대에 누워 잠을 청하려 해도 도무지 잠이 오지 않았다.
'도대체 내가 엄마에게 무슨 짓을 했던 걸까.'

당시 어렵고 혼란스러웠던 나를 지금에 와서 비난할 순 없다. 하지만 옆에서 그런 나를 수도 없이 잡았을 엄마를 생각하니 억장이 무너졌다. 금방이라도 사라질 것 같은 딸을 바라보며 아무것도 할 수 없던 엄마의 마음이, 그저 딸이 삶의 끝자락에서 살아 돌아오기만 간절히 바랐을 애타는 마음이 그제야 느껴졌다.

이후 내 목숨은 엄마에게도 꽤 큰 지분이 있다는 걸 알게 됐다. 인생에 내 목숨의 지분을 내가 아닌 다른 누군가도 가지고 있다는 사실이 이리 위안이 되는지 처음 알았다. 그래서 이제는 아무리 힘들고 어려운 일이 생겨도 죽을 수 없게 됐다. 내 목숨은 나만의 것이 아니니까. 엄마도 매한가지다.

우리는 각자 서로의 목숨에 지분을 가지고 있다. 그러므로 서로의 존재 자체로 살 가치가 충분하다.

Chapter 3

관계의 지각변동

나는 네가 행복하면 좋겠어

어렸을 적부터
나는 졸업하고 뭐할끼고?
내?
딱히 하고 싶던 것이 없던 엄마.
뭐 돈벌고~ 나는 뭐할끼고?
내도 잘 모르겠다~
그렇게 전화교환원을 거쳐
네. 어디와 연결해 드릴까요?
결혼 후 다양한 직업을 가졌다.
그 일들은 대부분 생계와 강한 연결고리를 가지고 있었다.
이번 달엔 그래도 애들 학원은 보낼 수 있겠다. 다행이네…

엄마는 오직 돈을 위해 일했다.
아, 왤케 안 잡혀!
어떤 사명감을 느끼거나
이 일은 꼭! 내가 해야 해!
불끈!
너무 하고 싶던 일은 아니었다.
내가 찾던 바로 그 일이야!
일들은 고됐다.
예지야, 여기에 파스 좀 붙여 줘라~
응~
평생을 일해야 하는 삶이 가끔은 고역이었고 버거웠다.
추워…
힘들다…

그러면서 생각했다.
행복하게 일하는 건 뭘까?
좋아하는 일을 하면 그나마 행복하려나?
네~
이거 주세요~
인생에서 일이 차지하는 비율이 꽤 높다는 걸 알기에
여가
잠
일
우리는 하고 싶은 일을 찾아
엄마, 나 그림 그리면서 살고 싶어!
그래~
좀 더 행복하길 바랐고
근데 먹고 살 순 있을까?
흠…
그렇게 청소일을 권한 것이다.
그럼 청소일 해 볼래? 이걸로 돈 벌고 나머지 시간에 그림 그리면 되잖아.
오, 좋아!

내가 하고 싶어 하는 일이 있고
이번엔 이런 걸 그려 볼까?
그 일을 하며 살 수 있도록 말이다.
청소로 생계를 유지하고
남는 시간에 포트폴리오를 쌓았다.
좋아하는 일이 있다는 게 얼마나 좋은 일이니?
너희는 좋아하는 일하며 살았음 싶더라고
그러면 좀 더 행복하지 않을까 생각했어.
그저 너네가 행복했음 좋겠다.

숨기고 싶지 않아

나는 엄마에게 대부분의 일을 말하는 편이다. 사실상 부모에게 말하지 않아도 될 것까지 말이다.
스무 살 재수 시절부터 시작한 담배를 13년 넘게 피웠다(지금은 끊었다). 담배를 시작하는 대부분의 사람이 그렇듯 나 역시 핑계는 있었다. 재수 생활이 힘들 때 담배 피우던 친구를 보며 강한 호기심이 들었고(연기를 뿜는 행위가 무척이나 마음에 위안이 돼 보였다) "야 하나만 줘 봐"라는 말을 시작으로 흡연의 길에 들어섰다.

물론 처음부터 엄마에게 흡연 사실을 말했던 건 아니다. 집에 들어가기 30분 전엔 되도록 흡연을 피했고 집으로 들어와선 담배를 들키지 않도록 작은 파우치에 숨겨 서랍 깊숙한 곳에 넣어 두었다. 하지만 가끔 방심한 틈을 타 외투에 넣어 둔 라이터를 발각당하거나 파우치에 미처 넣지 못한 담뱃갑을 들킨 적도 있다. 그럴 때면 에둘러 친구 핑계를 댔다.
"아, 내 게 아니고 친구가 넣어 놨는데 까먹고 가져왔어!"
뻔한 거짓말이었지만 굳이 진실을 알고 싶진 않았는지 엄마도 그쯤에서 일단락했다. "너는 절대 피우지 말라"는 당부를 잊지 않으면서 말이다.

연애도 담배와 비슷했다. 누군가를 사귄다는 것은 숨기지 않았으나 여행을 가거나 하룻밤을 보내는 날이면 거짓말을 해야 했다. 엄마가 익히 알고 있는 친구의 이름을 대며 그들과 밤을 보냈다. '담배를 피우고 섹스를 한다'라는 이야기를 엄마에게 차마 할 수 없었다. 아무리 성인이 되었어도 부모와 자식 간에 이런 대화는 오묘하게 금기시되는 분위기였다(아닌 집안도 있지만 말이다). 특히나 딸이라는 존재는 더 그렇다.

담배를 피워 건강을 해치거나 결혼도 안 한 자녀가 성에 눈을 떠 문란해지는 것은 아닐까 하는 걱정 따위를 떠나, 자신의 눈에 늘 어린아이 같아 보이는 자식이 일련의 행위를 스스로 선택할 수 있다는 사실을 부모로서 인정하기 어려운 부분도 존재하리라 생각한다. 문제는 내 감정이다. 그 행위들이 좋든 나쁘든 스스로 선택하고, 느끼고, 알아가는 과정을 배우는 한 인격체가 아니라 부모가 보호하고 부양하며 통제해야 하는 여리고 어린 존재로 여겨지는 기분이었다. 이런 감정을 처음 느꼈을 때 왠지 모르게 불쾌했다.

주변 사람들은 내가 담배를 피우고 남자친구와 여행 가는 것을 알지만 엄마만 모르고 있다는 사실이 너무 싫었다. 단순히 '엄마가 걱정하기 때문에 말하지 않는다'라고 하기엔 더 깊은 무언가 있었다. 오히려 엄마가 걱정을 하더라도 이젠 스스로 선택할 수 있는 많은 것이 생겼다는 걸 알려주고 싶었다. 사회적으로 성인이 되면 마땅히 할 수 있는 수많은 행위. 하지만 그것이 반드시 좋은 것만은 아닐 수 있다는, 그럼에도 내가 직접 체득하고 경험하며 즐기기도 그만두기도 할 수 있다는, 엄마와 같은 사회의 일원이라는 것을 말이다.

그래서 내가 흡연을 하며 남자친구 집에서 자고 온다는 사실을 말하기 시작했다. 엄마에게 내가 딸로만 존재하는 게 아니라 성인 '김예지'로도 존재할 수 있다는 걸 공표한 것과 마찬가지였다. 다행히도 엄마는 이런 공표를 기꺼이 받아들여 줬다. 부모로서의 걱정은 어쩔 수 없지만 성인 김예지가 하는 행위들을 통제하거나 억압할 수 없다는 사실을 이해해준 것이다. 다만 내가 좋은 결정을 내리고 건강하기를 기원할 뿐.

나는 '노승희 씨'에게 입체적이고 다채롭게 다가가고 싶다. 나 또한 '노승희 씨'에게 바라는 바도 그렇다. 내 생애 가장 가깝고 믿을 수 있는 존재인 엄마에게 딸로만 존재한다는 건 꽤 억울한 일 아닌가.
그 공표를 시작으로 나는 더 이상 엄마에게 숨기지 않는다. 단 옳은 선택을 하든 나쁜 선택을 하든 오로지 그 책임이 나에게 있다는 것을 전제로 둔다. 기꺼이 그럴 수 있도록 나를 믿어준 엄마와 인간 노승희 씨에게 고맙다고 말하고 싶다.

그래서 어머니가 대단하신 거 같아요

책을 낸 이후
저 청소일 하는데요?
세간의 주목을 받았다.
○○ 일보
젊은 청소부의 삶
살면서 이런 주목은 처음이었다.
인터뷰 요청
라디오 출연
방송 출연
다큐 제의
으어~
젊은 청소부가 신기하면서
청소일을 어떻게 시작하게 되셨나요?
동시에 내 또래의 고민을 안고 있었던 덕분이다.
작가님! 책 너무 공감됐어요. 저도 공시 준비를 하면서 캐셔 일도 하고 있는데 안 좋은 시선을 적잖이 받고 있어요. 많은 위로받았습니다.

그리고 난생처음 강연 제안도 받았다.
- 받은메일
- 보낸메일
- 스팸
- 휴지통
제목 : OO 강연 요청드립니다.
보낸이 : OOO
안녕하세요. 저는 OOO 사무관입니다.
이번 북토크의 강연자로 섭외하려고 메일 드려요.
일정과 페이도 함께 적어 보냅니다.
- 일정 -
이런 경험이 없던 나는
엉? 강연?
얼떨떨했다.
멍...
가서 무슨 말을 해야 하나...
뭐 지금이야 아주 일상이지만...
소리 벗고 팬티 질러!
와!
실제로 이러진 않습니다. +과장
와!

그렇게 강연을 하게 되면서
안녕하세요!
반갑습니다.
다양한 연령대의 사람을 만났는데
초등학생부터
중·고·대학생
그리고 정말 남.녀.노.소!
어느 날은 어머니들의 독서 모임에 초대된 적이 있었다.
와 주셔서
감사해요!
제가
감사하죠!
꾸-벅
와아!
강연을 잘 마치고
강연은 여기까지입니다.
들어주셔서
감사합니다.
짝!
짝!
짝!
질문의 시간
그럼 저에게
궁금한 게 있는 분들,
질문 받겠습니다!

한 분이 손을 들었다.
저요!
아, 네!
저는 책에서 어머니가 먼저 청소일을 권하셔서 놀랐어요. 작가님은 어떠셨나요?
처음엔 별다른 생각이 없었어요. 돈 잘 번다니깐 설렜던 거 같아요.
끄덕
그렇군요. 자식 키우는 입장에서 쉬운 결정이 아니었을 텐데 어머니가 참 대단하세요.
우리 엄마가 대단한 거였어?
아...

문득 예전의 대화가 떠올랐다.
엄마는 내가 이 일 하는 게 창피하지 않아?
왜! 이 일 하는 게 뭐 어때서?
그래도 어디 가서 말하기 창피할 수도 있잖아…
무슨! 네 나이에 먹고 살려고 이런 험한 일도 마다않고 하는데 기특하고 예쁘지!
그래… 엄만 나 기특하다 그랬어.
자식은 부모의 산물
이번에 우리 애가 말야~
…
어머! 우리 애도~
우리 애도~
그러니깐 인생의 척도랄까.
자식 자랑 대회
자기 인생 잘살았다!
엄마 1등 했다!
부럽다!
엄마는 다행히 그런 욕심이 없다.
자식 잘되면 축하할 일이지! 내 자식들도 충분히 멋진걸.
부러워하면 내 배만 아프지.
축하해!

그리고 그랬다.
내가 살아 보니깐 하고 싶은 일이 있다는 건 행운이고 행복이더라고.
나는 네가 행복했음 좋겠어.
청소일이 하고 싶은 일을 도와주니깐 좋잖아.
응!
엄마는 나와 달리
남들이 날 어떻게 볼까?
인정받고 싶어!
관심받고 싶어!
관심 NO!
인정 No!
남의 시선
거—부!
거절!
시선을 안으로 돌릴 수 있었다.
사람들이 뭐라든 네가 만족하면 된 거야.
응!

그래서 나에게 청소일을 권했다.
청소일이 돈이 괜찮대. 엄마랑 해 볼래?
청소?
우리 엄마 정말 대단했구나.
응, 청소! 어때?
너무 익숙해서 깜빡 속았다.
엄마 따라해 봐!
싫어…
언능!
행복을 위해 시선을 안으로 돌리는 일, 엄마가 나에게 알려준 일.
너무 웃기다!
깔깔
피식

너무나도 닮았고

엄마와 나는 얼굴이 참 닮았다.
엄마 젊었을 때인데 너랑 참 닮았지.
그러게, 신기하다.
진짜 닮았다. 신기하다.
나라고 해도 믿을 거 같아.
그래서 어딜 가든 모녀지간인 걸 단박에 알아본다.
엄마랑 딸이죠? 아주 붕어빵이네!
맞아요~
나는 그런 상황이 좋았다.
조잘
조잘
엄마는 어쩐지 일본 여자 같다.
아담하고
단정한 느낌

예전 일본 영화에 나온 여자들이
엄마와 비슷해 보였달까?
카모메 식당 주인공
수수하고 정갈한 모습이 왠지 닮았다
우리는 옷 취향도 엇비슷하고
편하고 심플하고 귀여운 스타일을 좋아한다.
체형도 닮아서
엄마 닮아서 가슴이 없어~
그럼 아빠 닮지 그랬어~
상체가 빈약하고
하체가 튼실
옷을 나눠 입기도 하고
엄마 이 바지 입을래?
그래.
둘 다 예민하고
흐음…
끄응…
생각이 많고 잔걱정이 많아서
그러면 어쩌지?
그거는?
왜 그런 말을?

서로의 고충을 잘 이해하며
우리 또 이런다.
ㅋ
진짜.
음식 취향도 닮아서
한식을 좋아하고
간단하게 먹고
자연적인 걸 좋아한다.
어딜 가든 식사하기 편하다.
맛있다!
그러게.
이렇게 우리는 닮은 구석이 많아
그때 막 그런 기분이 드는 거야.
왠지 모르게 서로가 잘 이해되고
알지~ 그 기분.
죽이 척척 맞는다.
까르르-
까르르-

너무나도 다른

그러나 전혀 다르기도 한 우리는
왜 저러는거야…
신기하네…
엄마는 먹어도 살이 안 찌지만
?
다이어트 왜 함?
나는 먹는 대로 살이 찌고
살찌니까 하지!
그럼 그만 먹어…
엄마는 집을 좋아하고
집순이
TV
집이 최고! TV만 있으면 만사 OK!
나는 나가길 좋아하며
집에 있으니깐 답답하네… 어디 가지?
그만 좀 나가!
긍정적인 엄마에 비해
랄라~♪
인생 뭐 있어? 그냥, 대충 웃으면서 살면 되지!!
하하!

조금은 부정적인 나.
나는 가끔 눈물을 흘린다...☆
또한 엄만 조용한 햄스터 같다면
찍?
나는 날뛰는 다람쥐 같고
두리번
두리번
엄마는 비활동적인 반면
운동은 숨쉬기 운동이면 충분하다고~
후하
후하
나는 활동적인 것을 좋아한다.
헬스
달리기
안녕하세요.
각종 모임
그리고 그런 서로를 부러워한다.
나도 너처럼 도전 정신이 있었음~
나도 엄마처럼 차분히 좀 있었음~

그렇게 결국
우리는~
제아무리 닮아도
붕어빵 모녀~
우리는 또 이렇게 다르다.
그런데 나는 팥이 든 붕어빵~
나는 슈크림이 든 붕어빵~
결국 각자 한 인간으로서 개성을 지니고 있다.
참 닮았고,
참 다른 우리

잘 싸우는 사이

가족과는 절대 동업하지 말라는 말이 있다. 가족뿐 아니라 친구도 매한가지다. 대부분이 너무 가까운 사람과의 동업을 말리는 분위기다. 그만큼 감정적이 되기 쉽고 공사 구분이 어려운 관계라서 그럴 것이다.

가까운 사이일수록 이상하게 조심성이 줄어든다. 다소 거리감이 있는 사람에게는 절대 내비치질 않을 감정을 쉽게 드러낸다. 그래서인지 많은 사람이 우리의 동업 관계를 궁금해한다. "어머니와 안 싸우세요?"라고 말이다.

아주 당연하게도, 물으나 마나! 우리는 싸운다. 가뭄에 콩 나듯 안 싸우는 이들도 있겠지만, 우리는 평범한 모녀지간처럼 지지고 볶는다. 철판 볶음밥처럼 야무지게 싸운다(그렇다고 매일 싸운다는 이야기는 아닙니다).

그럼에도 9년을 이어올 수 있었던 이유는 아주 잘 싸웠기 때문이다. "잘 싸운다는 게 뭐지?" 하는 의문이 들 수도 있겠지만 나는 싸움에도 질이 있다고 생각한다. 먼저 질 낮은 싸움은 서로가 옳다고 우기기만 하는 싸움이다. 상대의 감정을 헤아리지 않고 오로지 자기 의견만 관철시키려고 하는 싸움은 질이 낮다. 아무것도 해결하지 못하고 서로 앙금만 남긴 채 "좋은 게 좋은 거지" 하며 급하게 싸움을 끝내는 것. 이런 싸움은 할수록 서로를 질리게 하고 힘들게 만들 뿐이다.

반대로 이득이 되는 싸움은 서로 옳다고 우기며 시작하지만 후에 그 감정을 이야기함으로써 헤아리고 이해하게 되는 것이다. 이런 싸움은 서로를 더 잘 알아가는 좋은 매개체 역할을 한다. 싸움의 아이러니다.

엄마와 나의 싸움도 대부분 아주 사소한 것에서 시작된다. 예를 들어 청소를 끝마치고 다른 장소로 이동하기 위해 엄마와 12년식 모닝에 몸을 실었다. 내가 운전석에 앉아 주변을 살피며 차를 출발시키는 순간, 조수석에서 물을 마시던 엄마가 바지에 쏟고 말았다. 분노조절장애 김예지가 참을 리 없다.

“아니, 차가 출발하면 속력이 붙는데 왜 물을 마셔!!! 그러니깐 쏟지!!”

“타이밍이 어쩌다 그런 거지! 내가 일부러 그랬어? 뭘 그렇게까지 짜증이야!!”

나는 자동차가 출발하는데 생각 없이 물을 마시다가 흘린 엄마가 짜증이 나고, 엄마는 좋게 말할 수 있음에도 벌컥 짜증부터 내는 내 태도에 화가 난다. 한 치의 양보도 없는 팽팽한 기 싸움이 이어진다.

그럼에도 계속 일할 수 있는 이유는 잠시 휴전을 할 수 있기 때문이다. 엄마와 나는 말이 통하지 않을 때, 끝까지 물고 늘어지지 않고 적절한 침묵의 시간을 가진다. 순간적으로 드는 감정이 사그라들고 이성이 찾아올 때까지.

어느 정도 시간이 흐른 뒤 이성이 깨어나길 기다린다. 그때야 비로소 침묵을 깨고 각자의 감정을 이야기한다.

“엄마, 내가 차를 출발할 때는 주변을 신경 써야 해서 좀 예민한가 봐. 그 예민함이 짜증으로 옮겨 간 것 같아. 행여 사고가 날 수도 있으니까. 이해해줄 수 있어? 갑자기 짜증 내서 미안해.”

“엄마도 미안해. 그런 순간인지 몰랐어. 그냥 네가 갑자기 화를 내니깐 당황스럽고 화도 나더라고. 이젠 엄마도 조심할게. 미안해."
이렇게 마음이 진정된 우리는 말하지 않으면 모를 자신의 감정을 서로에게 해석해준다.

이제 우리는 싸움이 일어나도 겁내지 않는다. 여전히 순간의 감정을 가식 없이 내뱉긴 하지만 어느 정도 시간이 지나면 각자의 마음을 더 깊이 헤아릴 수 있는 대화가 기다리고 있음을 알기 때문이다. 그리고 서로의 내면을 더 깊이 바라볼 수 있는 시간이 온다는 걸 안다. 이런 우리에게 싸움이 뭐 그리 대수겠는가.

그리고 이런 싸움을 통해 지금은 더 안 싸우게 됐다. "비 온 뒤 땅이 굳는다"라는 속담처럼 우리가 겪었던 싸움이라는 비는 결국 '대화가 통하는 사이'라는 굳건한 믿음을 주었다. 상처 내지 않고 말하는 방법과 서로를 이해할 수 있는 마음을 얻었다.
그래서 여전히 엄마와 나는 '잘 싸우는 사이'다.

여행 메이트 01

2016년 생애 처음으로
엄마와 여행을 떠났다.
탑승
비행기 타러 가자!
그래!
바로 제주도로!!
HELLO JEJU
그전까지 우리는
나 이번 방학 때 가족이랑 여행 가~
오~ 어디로?
시간도 돈도 없어
필리핀!
난 가족여행 한 번도 못 가 봤는데
좋겠다!
꿈도 꾸지 못했던 여행.
우리는 비행기값부터 부담이고, 시간도 없는걸…

그런 우리가 함께 일을 시작하고
깔끔이 청소
since 2014
돈과 시간에 여유가 생겨
이번 여름 휴가 때 같이 여행 갈까?
여행을 꿈꿀 수 있게 됐다.
엄마 신혼여행 간 제주도 어때?
좋지!
곧잘 혼자 여행을 하거나
친구들과 갔던 여행을
엄마와 계획하게 된 거다.
멋지다!
여기 갈 거야. 어때?

가족 여행은 꿈도 못 꾸던 때를 지나 모든 구성원은 아니지만
엄마와 단둘이 간 이 여행은
엄마! 더 넣을 짐 없지? 캐리어 닫는다?
잠깐만!
첫 가족 여행이기도 했다.
근 20년 만에 다시 온 제주
신혼여행 사진
처음 타 보는 비행기
하늘 너무 예쁘다.

겨울에 왔던 20년 전 제주도와
으악!
12월 결혼한
신혼부부는
매서운 겨울
제주도 바람에
날아갈 뻔했다.
여름의 제주도는 너무 달랐고
푸릇푸릇 하구나!
이색적인 제주 풍경과
예쁘다!
한없이 맑은 바다
안녕!
찰칵!
노을이 지는 바다에선
한없이 멍도 때리며

나보다 더 진심으로
멍…
제주도를 사랑하게 된 엄마.
좋다…
그리고 이 여행을 통해
영혼의 메이트를 발견했다.
편하고 즐겁다.
정말.
친구들 혹은 혼자인 여행도 좋았지만

엄마와의 여행은
조잘
조잘
이 둘의 장점 집합체였다.
혼자
엄마
친구
내가 세운 계획을 모두 좋아했고
저기 봐!
아름답다.
입맛도 너무 잘 맞으며
맛있겠다.
여행 에너지도 비슷하며
이제 숙소에 들어갈까?
그러자.
그 누구보다 허물 없이 편하다.
각자의 휴식 시간

그 누구도 이 편안함과 충만함을 대신해줄 수 없을 정도였다.
혼자일 때의 편안함과
함께할 때의 충만함.
2016년 제주도 여행을 통해
JEJUair
평생 함께할 여행 메이트를 만나
가평여행
·아침고요수목원
가평 좋네!
엄마도 좋아하겠다.
우리는 틈만 나면 여행을 떠나기 시작했다.
튤립 봐!
찰칵!

여행 메이트 02

그리하여 우리의 여행 서막이 열리고
떠나자!
주말엔 근교를
안산
집
대부도
연휴땐 좀 멀리 떠났다.
GO!
하지만 해외는 제외됐다.
유턴
한국은 벗어나지 마!
외국 너무 무섭다고…
한국으로 충분해!
싫어!

뭐 국내도 갈 곳 천지니깐
한국 기행
저기 좋아 보인다.
그래서 22년 여름 휴가는
와, 엄마랑 또 와야지…
엄마와 안 가 본 동해로 정했다.
저번 내가 간 동해바다 가자!
웅
원거리 여행으로 4번째였다.
제주도 2번
영월
+ 동해
이 여행들을 통해 관계의 지각 변동도 생겼는데
엄마! 나 잘 따라와.
잘 가고 있다!

바로 보호자의 위치가 바뀐 것.
화장실 갔다 갈래?
끄덕
일상에선 좀 더 케어받는 쪽이지만
영양제 먹었어? 너 그건 신청했니? 반찬 좀 줄까?
응!
여행에선 전적으로 케어하는 쪽이 되었고, 엄마도 그걸 은근 즐긴다.
이제 숙소 갈 거고 차 렌트는 공항 가서 받을 거고 짐 놓고 밥 먹으러 가자!
응.
여행 계획부터 여행 당일까지 엄마는 그저 나를 따른다.
여행지 제주도
숙소 1
소 2
맛집 list
다 와 간다.
그래.
운전도 내가
이제 어디 가?

여행을 통해 처음으로 내가 엄마의 보호자가 된 것이다.
엄마 비행기표 잘 챙겨 놔.
보호자
응! 여기다 넣었다.
아마 나이가 더 들수록
보호자 게이지
60대
30대
이 위치의 비중은 이동하겠지.
보호자 게이지
90대
60대
그걸 여행을 통해
여행지 보호자 게이지
60대
30대
좀 더 일찍 경험한 기분이었다.
나중엔 이게 익숙해지겠지?
나쁘진 않네!

그런 이유로 엄마는 여행에서 좀 더 홀가분해 보인다.
ㅋㅋ
아무 생각 없이 따라만 다니니깐 좋다! 가면 네가 다~ 해주고!
언제나 누군가를 챙기다가
오늘 비 온대! 우산 가져가~
네.
오로지 챙김받는 그 순간이
아, 거기 예약하려는데요.
♪~
색다르고 좋아 보였다. 함께 여행할 이유가 더 늘었다.
자주 여행 오자.
맨날 이러면 얼마나 좋을까!
♪~

결혼 적령기

89년생
2022년
3학년 4반!
3
4
인생의 흐름을 보면
인생 그래프
1살
10살
20살
30살
보자 보자~
이때쯤이면
안정적 직장
30
31
32
33
34
투자금 모으기
결혼 적령기다.
일하는 곳 사장님들
예지구나!
조마조마
공격1
이제
갈 때 되지
않았니?
하하…
사장님도 참~
제가 어딜 가요!
공격2
너도 이제
결혼해야지~
하하, 그러게요!
혼자서라도
해야 하나?

이런 것쯤은 조금 능글 맞아진
으휴 증말~
못살아~
그럴 나이다.
휴, 잘 피했다.
헥 헥
하 하'''
어렸을 적부터 난
예지는 결혼 언제 하고 싶어?
?
뭐랄까 확고했다.
평생 안 하고 싶어!
주위를 둘러봐도 전~혀 안 끌렸다.
지지고 볶고~
맛있는 결혼~
그냥 혼자 살자~

사랑한 서로가 만나
지옥 문을 여는 행위
가 볼까?
GO TO HELL
응!
결혼이 나에겐 그랬다.
사랑하는 걸로 족하자…
아, 나 사랑하는 사람도 없지! ★애·인·구·함★
그리고 또 한 명의 지지자.
결혼?
하하…
고오오—
예지야, 국수는 언제 먹여 주니?
하하

사장님, 국수는 직접 끓여 드세요!
하 하...
그럼 이만!
전폭적 지지
어디서...
짱!
절대적 적대감
결혼하면 말야~ 이것도 요것도 저것도 그것도 다 못 하니깐!! 하지 마!!
으...응...
그리고 또 한 명의 지지자.
뭐라꼬? 결혼?
외할머니
예지는 결혼시키지 말래이.
혼자 살라 캐라.
재주 좋은 애들이 시집가믄 고생한다.
능력도 있는테 뭣하러 결혼하노!

내도 혼자 살고 싶다카이!
뭣이!?
이 3대에 걸친 지지는
분부대로 하겠습니다!
탁!
더욱 결연하게 비혼을 만들었다.
체크 문항
기혼 미혼
아니, 왜 비혼은 없어? 나 미혼 아니거든?!!
그러나 인생은 알 수 없으니깐
?
근데 결혼하고 싶어지면?
하더라도 이것만은 지켜야 했다.
지금 다들 결혼한다고 조급해서 하지 않기.
★결혼을 위한 결혼은 하지 않기
늙어서 외로울 거 같아서도 하지 마라. 그때 가서 만나 차라리… 장담할 수 없어, 네 외로움을 채워준다는 건.

정말 사랑하는 이와 할 것
대신 정말 좋아서 하고 싶으면 그때는 해야지.
끄덕
지독한 현실이라는 것
그 대신 감내해야 할 게 많다는 거…
피나는 중
그만해…
이렇게 특훈을 받은 나는
결혼 특훈
내 말 알아듣겠나!
네!
더 크게!
네, 알겠습니다!
결혼 적령기를 넘기고 있다.
잘사세용~
WEDDING

과연 내 인생에 결혼이 있을지
어떤 기분일까? 결혼이란 거?
짝
짝
알 수는 없지만
만약 나는 결혼하면 이렇게 하고 싶은데… 과연… ㅋㅋ
다행히도 나에게 결혼은 부담이 아니란 것.
부모님이 언제 결혼하냐고…
나는 언제 연애하고 결혼하냐고…
…
스스로 차근히 선택할 수 있는 환경임은 분명하다.
늙어서도 혼자 살면 나랑 집 짓고 살기다!
그래.

루테인

톡
예지야, 눈이 중요해.
눈 운동도 해주고
?
눈 마사지도 해주고.
그리고 목 관리도 잘해.
목에도 로션, 선크림 바르고.
엄마도 안 하잖아.

그러니깐!
나는 이미 늦었지만
넌 챙기라고-!
응.
엄마는 젊어서
너무 안일했었어.
주름이 펴진다.
미리 말해 두는 거야.
나중에 나처럼
후회하지 말라고.
끄덕
그리고 루테인 줄 테니깐
꼭 챙겨 먹고.
노력해 볼게.
아이람,
눈이 중요해!
챙겨 먹어!
알았어!

너 지금 콧방귀 뀌지만
늙으면 엄마가 고마울걸.
60대 넘으니깐
진짜 훅! 하고 오더라.
진작에 알았음
관리했을 텐데.
그래서 내가
너한테 이러는 거야.
끄덕
넌 아직 몰라.
그치~
넌 관리해서
고상하게 늙어.
그래~

당연한 관계는 없어

서운한 감정
아니, 내가 아프다는데 이렇게 시큰둥하게 답할 수 있어?
받고도 모자른 마음.
아, 이 색 말고 다른 색이 좋은데… 내 취향 모르나?
재는 나한테 왜 저러는 걸까?
야, 친구 좋다는 게 뭐야! 이것도 못해 주냐?
?
황당
당연히 이 정돈 해줘야지.
남자친구면 당연히 데려다줘야 하는 거 아냐?
잘 가!
가상 남친
잘 가!
시장에 가던 엄마는 동네 아주머니를 만나 잠시 담소를 나눴다.
어머~ 이게 누구야!
아이고! 여기서 다 만나네.

무슨 일 있어요?
아들놈 키워 봤자 소용없어요!
아주머니의 넋두리를 들었다.
지 여친이나 챙기지 엄마는 뭐 좋아하는지도 몰라요!
나는 친구를 만났다.
아니, 걔가 글쎄 나 빼고 혼자 여행을 다녀온 거야!
나도 거기 가 보고 싶었는데 얘기라도 하고 가지 섭섭하게…
그리고 나도 매한가지다.
바빠? 내 부탁 좀 들어줄래?
가깝단 이유로 당연하게 구는 일.
안 된다고? 아, 왜!
섭섭하네…

이런 미운 마음에 대해
자꾸 바라는 마음이 들 때 있잖아. 친구나 가까운 사람한테 막 서운해질 때 말야.
차 안에서 엄마와 대화를 나눴다.
그럼 있지~ 사람이라면 그런 감정 당연하니깐.
근데 그런 감정이 왜 드는 걸까?
음… 당연하다고 생각해서?
아… 우리 사이에는 당연히 이 정도는 해줘야지?
사실 부모 자식도 당연한 건 없는데.
어떤 사이든 당연한 게 없다고 생각하면 서운한 거보다 고마운 게 많은데.
어렵긴 하다만 당연한 관계는 없다고 새기며 살아야지.
좋아!

서로에게 행하는 행위는
오다가 네 것도 사 왔어~ 먹어!
과자
절대 당연한 것은 없다.
야~ 센스 고마워!
여전히 부족한 마음이지만
아니, 근데 나 이거 안 좋아하는데… 몇 년 친군데 이것도 모르냐.
과자
엄마의 이 말 덕분에
당연한 관계는 없다!
인생의 많은 부분을 해소할 수 있게 됐다.
근데 나는 잘 아나? 몇 년 친구라도 모를 수 있지. 내 생각해서 사 온 건데 고맙지, 뭐.
잘 먹을게~ 근데 나 이거 별로 안 좋아함. 그래도 고맙!
그러냐? 몰랐네 ㅋㅋ
과자

싫어하는 것을 안 하는 사이

종종 방송 촬영 의뢰가 들어왔다.
메일
전체메일
받은메일
보낸메일
임시보관함
휴지통
스팸메일
OOO 방송 출연 요청
OOO 강연 요청
OO (OO레터) 이번 레
OOOO 안녕하세요. 저는
OO OO 출판사입니다.
OOO OOO할인! 지금부
대부분 간단한 인터뷰 정도였다.
어쩌고 저쩌고…
끄덕
그러다 2019년 한 다큐에 출연하게 되는데
안녕하세요. 반갑습니다.
안녕하세요~ 저희는 OO팀입니다. 만나서 반가워요.
기존 촬영보다
조촐~
꽤나 디테일한 촬영이었다.
바글
바글

여러 번의 출연으로 단련됐다고 생각했던 나에게도 좀 버거웠다.
예지 씨, 다시 한번만 찍을게요! 좀 더 당차게!
네?
엄마는 오죽했을까.
어머니, 딸에게 해주고 싶은 한마디 좀 부탁해요.
그런 거 없는데…
싫어도 참고 한 촬영이
너한테 좋으니깐 해주는데…
미안해, 엄마…
생각보다 더 버거웠고
잠
여가 시간
출근
일
저녁식사
퇴근
이 시간 다 따라다니며 촬영
정말 진절머리를 냈다.
고생했어!
드디어 끝났네… 뭔 말을 한 건지… 다시는 안 해!

그런데!! 방송 이후
메일이 도착했습니다.
1
꿈에 그리던 요청이 왔다.
메일이 왔네.
클릭!
안녕하세요.
인간극장 취재작가 ○○
섭외 요청을 드리려 메
그럼 연락처 남기고 갑
이렇게 이뤄지다니…
나중에 '인간극장'에 나가고 싶다. 내 꿈이야!
동시에 엄마가 떠올랐다.
다신 안 해!
흐음, 다시는 방송 안 한다 했는데…
난감하네…

잘은 모르지만
근데 인간극장은 왠지…
더 오래
더 빡센
촬영일 거 같은데…
더 밀접하게 촬영할 것 같았다.
언제까지
따라오시는 건가요?
아, 일상을
담아야 하니깐…
예상입니다.
엄마가… 허락을…
흐음…
밑져야 본전
그래, 물어라도 보자!
내 꿈인데!!
엄마, 있잖아…
그… 그러니깐,
왜 그래?
뭔데?

이번에 인간극장에서 섭외가 왔어!
안 돼.
응? 아니…
내 꿈인데… 혹시…
당황
예지야,
엄마가 너 싫은 거 시키디?
할 말이 없어졌다.
음
정말이니까.
그래, 안 할게.

엄마는 싫다고 말하면
엄마, 난 회사 다니는 게 싫어...
비난하지 않았다.
그래? 그럼 다른 거 찾아보자.
인정해줬다.
싫으면 좋은 거 하면 되지.
그러니 나도 그러는 수밖에.
인간극장 포기!!
그런데 여기서 잠깐!
아니, 근데 '요상해'는 나왔잖아?
웅성
웅성
그 방송 출연은 이랬다.
안녕하세요. 방송작가 OOO 입니다.

그때 정도면 괜찮단 수락을 받고 촬영에 들어갔는데
엄마 방송 섭외가 들어왔는데,
하루나 이틀 정도만 촬영한대. 어때?
그래.
그 정도면
해 봤으니깐.
해줄게.
몇년이 지나 망각한 엄마
그때완 비교도 안 되는 규모였던 것이다.
바글
바글
촬영 인원이 족히 30명 됐다.
자포자기
내가
졌다.
그런 비하인드 스토리가 있었다.
이... 이 정도인 줄 몰랐어...
꽥!

이 촬영 이후로
너 이제 진짜 엄마랑 하는 건 하지 마라.
넵...
정말로 더 다짐했다.
이제 진짜로 싫어하는 거 안 시킬게.
좋아하는 것 이상으로 싫어하는 것을 하지 않는 것
아, 맞다. 엄마 이 문 닫는 거 싫어하지.
인간은 백 번 잘해줘도 한 번 실수를 기억한다.
아, 실수! 미안!
괜찮아.
그렇게 안 봤는데 실망이네.

이 말은 조상의 지혜다.
그러니깐 싫은 짓은 조심하거라.
에헴!
엄마와 나는
아니, 그거 싫어해.
그래?
조상이 물려준 지혜 덕분에 돈독해질 수 있었다.
이제 알았으니깐 엄마가 조심해야겠네.
고마워.
싫어하는 것을 존중하고
아! 엄마는 이거 싫어하지!
향신료
하지 않는 예의를 갖추는 것.
그럼 빼고 만들어야겠다.

싫어하는 것을 공유한다는 것

사람과 사람 사이를 내밀하게 만들어주는 무수한 것이 존재하지만 그중 가장 강력한 힘을 발휘하는 건 바로 싫어하는 것이 같을 때 느끼는 동질감이 아닐까 한다. 희한하게도 인간은 무언가를 싫어할 때 죄책감을 느끼고 이를 누군가에게 드러내기 어려워한다(뭐, 물론 모든 사람이 그런 건 아니지만).
하다못해 "나, 오이 싫어해"(저는 오이를 잘 먹습니다), "나, 놀이동산 싫어해"(저는 놀이동산 아주 좋아합니다)라는 이야기를 할 때조차 불편한 감정이 들곤 한다. 목적어가 무엇이든 '싫어해'라는 동사가 들어가면 상대는 그 이유를 묻거나, 그걸 싫어하는 사람을 이상하게 여기는(이상한) 상황이 오기 때문이다.

오이를 싫어하면 "편식하네"라고 핀잔을 주기도 하고, 놀이동산이 싫다고 하면 "왜 그 재밌는 곳을 싫어하느냐"라며 이상한 사람 취급을 하는 경우도 있다. 그러다 어느 날 "나, 오이 싫어해"라는 말에 상대방이 "어, 나도!"라고 말하면 그 둘은 내적 친밀감을 느끼는 동시에 이유 모를 안도감을 느끼기도 한다.
싫어하는 걸 겉으로 드러냈음에도 핀잔을 받거나 오해를 사지 않고 오히려 공감을 받는 순간이라니! 얼마나 든든한 지원군을 만난 기분이겠는가.

엄마와 내가 이토록 가깝게 지내는 이유 중 하나는 바로 싫어하는 것이 비슷하기 때문이다. 그래서 우리는 서로 그 마음을 잘 공감해준다. 누군가에게 말하기

낯부끄러운 '싫은 것들'을 언제나 들어주고 공감해줄 것 같은 든든함. 그리고 그 누구에게도 보여주고 싶지 않은 이 지질함을 혼자 숨기고 숨기다가 결국 털어놓게 되는 해소감.

성향이 비슷해서일까, 아니면 싫어하는 것을 잘 알아서 서로의 마음이 이해되는 것일까? 이유는 정확히 모르겠지만 엄마를 통해 싫어하는 것을 공감받을 때 찾아오는 깊은 안도감은 나를 꽤 안정적으로 만든다.

싫어하는 것을 서로 잘 알기에 상대방이 싫어하는 행동을 하지 않도록 조심하는 관계 역시 큰 안정감을 준다. 싫어하는 감정을 굳이 설명하지 않아도 충분히 이해하는 마음이 있기에 가능한 일이다. 비슷한 유형의 사람을 싫어하고 그로 말미암은 상처도 비슷하게 받는 우리는 그 누구보다 서로를 공감하면서 어설픈 충고를 하지 않는다.

야들야들한 모녀는 싫어하는 마음들을 서로 보듬으면서 더욱 돈독해졌다. 상대가 싫어하는 것을 하지 않고 충고하지 않으며 공감해주는 이 관계가 참으로 따뜻하다.

Chapter 4

따로 또 같이, 온전한 나로 살아보기

우리의 언어

우리 둘만의 언어가
모녀사전
몇 가지 있는데
?
단어만 보여줄 테니 먼저 추측해 보라.
1. 쭉쭉이 2. 돌돌이 3. 뚱땅이
4. 말랑콩떡 5. 한약 6. 뚱꼬
이미 의미가 있는 단어도 있지만
대부분 둘만의 통용 뜻이 따로 있다.
돌돌이
한약
끄앙~
쭉쭉이

쭈쭈이 = 물기 제거기
쭈 — 욱
쭉 당겨서 쓴다고
돌돌이 = 중장비
도로에서 천천히 돌돌
달린다고
뚱땅이 = 강아지
걸을 때 뚱땅거려서
뚱 땅 뚱 땅
말랑콩떡 = 콩이
말랑해 ~
골 골
한약 = 배 아플 때 먹는 환
한약 먹어.
배 아파.
환
똥꼬 = 우리의 애칭
예지, 똥꼬~
엄마, 똥꼬~

남이 듣기엔 다른 의미지만
돌돌이!
여기.
우리 둘은 딱 들으면
저깄다.
돌돌이!
척 하고 알아듣는
왜 이렇게 안 가나 했더니 앞에 돌돌이가 있었구먼.
돌돌돌
모녀의 은어다.
돌돌돌~
느려~
이제 당신도… 우리의 은어를 알아버렸다!
이런…
흐음…

역지사지

2021년 드디어 1인 가구가 된 나.

우리 집에는 세탁기가 없다. 그럼 빨래는 어떻게 하냐고? 청소일을 하는 월, 수, 금요일 엄마 집에서 빨래를 한다. 엄마를 데리러 집에 갈 때 빨래도 가져다 빠는 것이다. 즉 내 빨래는 여전히 독립하지 못한 상태다.

이렇게 된 사연에는 엄마의 영향이 컸다. 1인 가구의 작고 소중한 빨래를 언제 모아 세탁하냐고 하며 본가에 들고 와서 다른 가족의 빨래와 함께 빨기를 권했다. 그 결과 우리 집에는 아직도 세탁기가 없다. 그리하여 나는 아침이면 빨래를 들고 엄마 집으로 출근하고, 퇴근 후에는 엊그제 가져다 놓은 세탁된 빨래를 챙겨 집으로 돌아간다. 사실 이런 행위는 환경에도 좋고 내 가사노동도 줄일 수 있어 꽤나 생산적이긴 하다.

그날도 다른 날과 마찬가지로 가져온 빨래를 세탁하기 위해 뒤쪽 베란다로 들어섰다. 뒤쪽 베란다는 상당히 비좁아서 신경을 곤두세워 빨래를 세탁기에 넣지 않으면 빨래가 세탁기 뒤로 넘어가는 끔찍한 상황이 발생한다. 집중력을 총동원하여 모든 빨래를 세탁기에 골인시킨 뒤 주체할 수 없는 기쁨에 온몸에 바운스를 주며 베란다를 나오는 순간, 발바닥에 물컹한 물체가 밟히는 게 느껴졌다.

그것은… 음쓰였다. 매일 음쓰를 버리기로 다짐한 엄마가 딸기 바구니에 담아 놓은 '오늘의 음쓰'였다. 엄마의 다짐을 사뿐히 지르밟은 나는 제대로 짜증이 났다. 그 짜증은 이내 화로 바뀌었다. 이 좁은 곳에, 그것도 사람들이 드나드는 통로에, 누구라도 밟을 수밖에 없는 그곳에 음쓰를 놔두다니. 평소에도 분노조절력을 밥 말아 먹은 내가 이 순간을 참을 리 없었다.

"엄마! 음식물쓰레기를 덮어 놓든가! 저렇게 놔둘 거면 위에 올려 두든가! 밟았잖아!!!!"

엄마는 김예지의 분노가 익숙한 사람인이다. 타격감이 1도 없다.

"그러게 왜 밟아! 잘 피해야지. 네 잘못이네."

듣고 보니 아주 틀린 말도 아니어서 화가 난 채로 화장실에 들어가 발을 닦았다. 하지만 당부는 하고 싶었다.

"그래도 음식물쓰레기를 저렇게 두지 말라고. 또 누가 밟을 거 아니야!"

"매번 저기 있는데 누가 밟아. 너 말고 다른 사람은 다 아니깐 걱정하지 마."

당부는 무슨 당부! 세탁이 끝난 뽀송한 빨래나 챙겨 집에 가야지. 그렇게 물컹하고 짜증 나는 그날의 일은 기억 저편으로 사라졌다.

며칠 뒤 마지막 청소 장소를 향하는 차 안에서 엄마가 먼저 말을 꺼냈다.

"내가 당해 보니깐 네 심정을 알겠더라."

또 엄마의 주특기가 시작된다. 주어 빼고 본론만 말하기!

"갑자기 무슨 말이야?"

"나도 음식물쓰레기를 밟았어!"

"!!!"

엄마는 해맑게 웃으며 나를 바라봤다. 덕분에 그날의 기억이 다시 떠올랐다.

'딸기… 바구니…에 든… 음식물… 쓰레기….'

나 아니면 밟을 사람 없다고 큰소리치던 장본인이 음쓰를 직접 밟고 와서는 해맑게 웃으며 자랑스럽게 이야기하고 있다.

"진짜 어이가 없네."(웃음)

"그땐 몰랐는데 당해 보니깐 알겠더라고. 네가 왜 그렇게 화를 냈는지 말이야."

"이제 알겠어?"

"그거 밟으니깐 기분이 아주 더럽더라고!"

"기분만 더러운 게 아니라 정말로 더러워."

어이가 없어서 웃음이 절로 났다.

"내가 또 그러면서 배웠잖아. 아, 인간은 역시 자기가 직접 당해 봐야지만 절실히 깨닫는구나."

"역지사지가 사실 '역:시' '지:가' '사:단이 나 봐야' '지:일이다'의 줄임말이야."

"인간이 간사해서 직접 당하기 전에는 그게 잘 안 돼. 근데 봐봐, 내가 딱 당하니깐 바로 네 입장이 이해되더라고. 깔깔."

"음식물쓰레기가 또 큰 깨달음을 줬구먼."

그날 이후 엄마는 딸기 바구니에 음쓰를 담아 바닥에 두지 않는다. 역지사지를 외치던 엄마는 '처지를 바꾸어 생각하는 것' 이상으로 '다른 이의 처지를 행하여'(딸기 바구니의 음식물쓰레기를 밟는 행위를 행함으로) 깊은 깨달음을 얻음과 동시에 반성을 하게 됐다.

"자신이 직접 당하기 전까지는 함부로 조언하지도, 질책하지도 말자고!"
역시 우리 엄마는 참 멋진 어른이다.

산책

쭈—욱!
시원하다.
그치!
집에 갈까?
그래.

수수께끼 01

이번에 드라마 시작했는데.
응
아 그… 주인공… 이름이 뭐더라…
내가 좋아하는 앤데!
또 시작 됐군.
엄마가 좋아하는 연예인 백 명.

그 잘생기고 키 크고! 그 왜!
잘생기고 키 큰 연예인 백만 명.
그전에 그 드라마에 나왔었는데!
전에 그 드라마는 귀신도 몰라.
모르겠다!
나도…

수수께끼 02

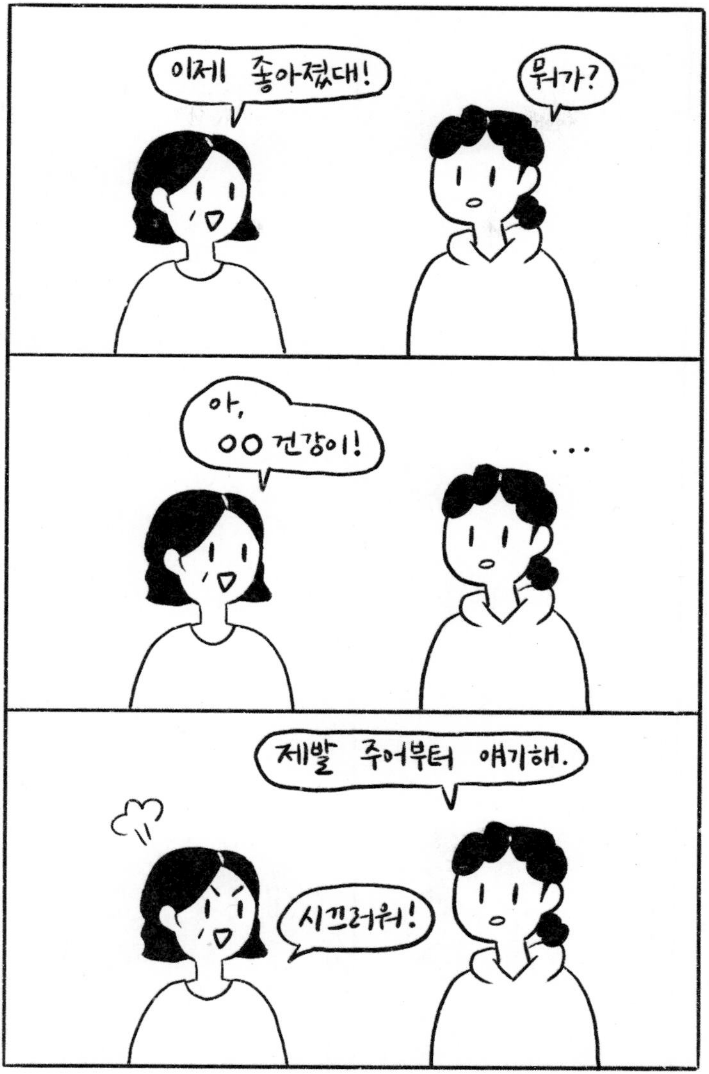

이제 좋아졌대!
뭐가?
아, OO 건강이!
...
제발 주어부터 얘기해.
시끄러워!

메들리

장마철
가뜩이나 습한 날에
그러게 덥다.
와, 엄청 습하다.
걸레질한 계단은 미끄러웠고
나는 신나게 미끄러졌다.
콰당!
우악!
괜찮나!
멍…
몰라…
아파…

허리 아작 났다.
우짜꼬!
욱신
다행히 꼬리뼈를 피했고 다친 부위는 멍들었다 나았다.
좀 괜찮나? 이젠 계단 내려올 땐 꼭 손잡이 잡고 내려온나.
응~
계단 내려올 때 꼭 손잡이 잡고 내려온나.
응...
꼭 손잡이 잡고 내려와!
...
잘 가~
나 간다.

예지야!
그만혀…
어떻게 알았어?
손잡이 잡고 내려갈게.
그래! 꼭!
손잡이를…
나… 나 갈게…
살려줘.

엄마 개미

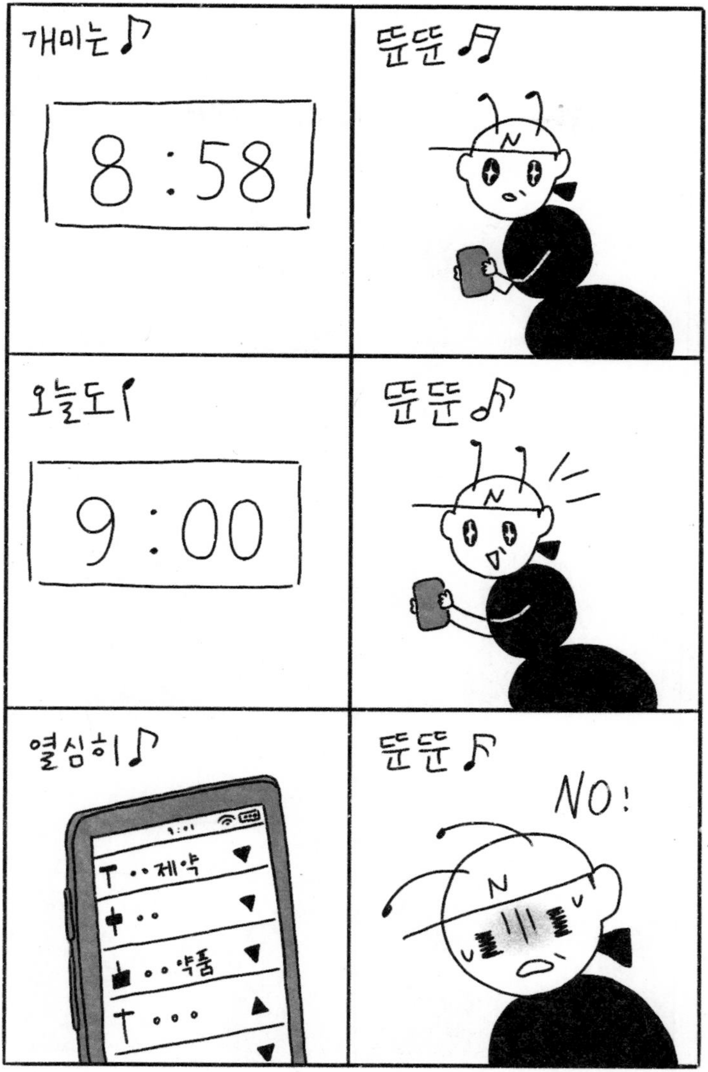

개미는
8:58
뚠뚠
오늘도
9:00
뚠뚠
열심히
제약
약품
뚠뚠
NO!

일을 하네♪
뜬뜬♪
북한이 미사일 쏬냐?
장 안 좋아?
시퍼렇게
물들었어…
오늘 안 봐야지.
…
몇 분 뒤
안 본다며~

9:10
○○제약
○○
○○약품
○○○
오메! 올랐다!
오늘 장 좋다!
엥? 몇 분 사이에?
주식은 말야…
살아 있는 생물 같다고?
ㅋㅋ응.

인기가 많네

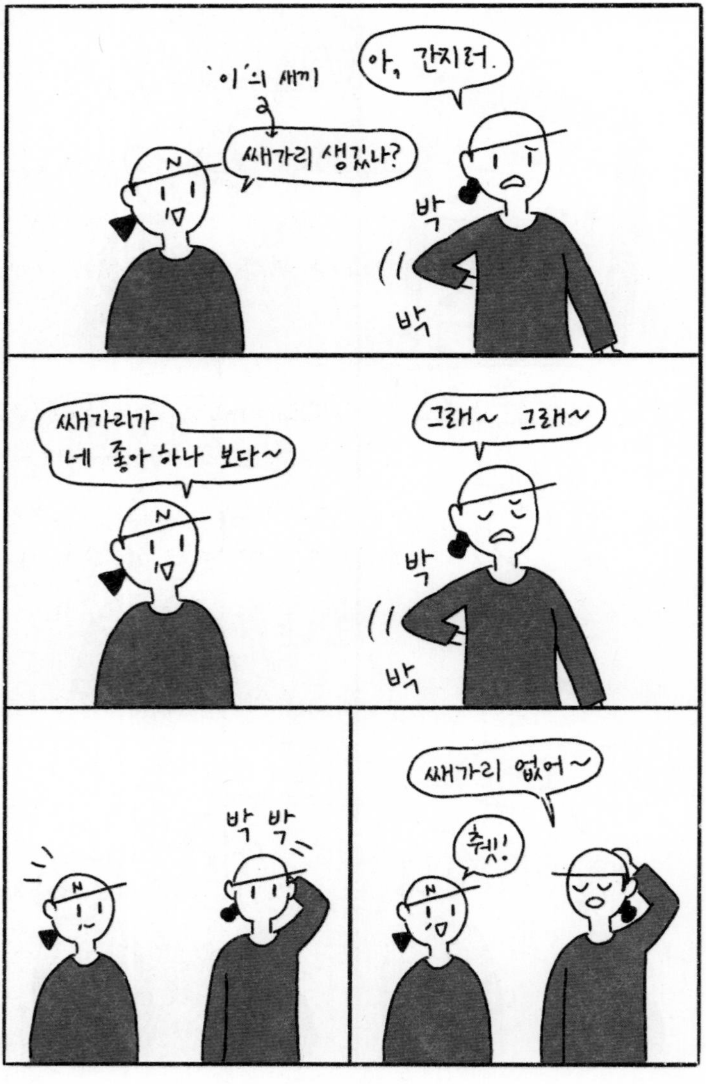

`이'의 새끼
쌔가리 생겼나?
아, 간지러.
박
박
쌔가리가 네 좋아하나 보다~
그래~ 그래~
박
박
박 박
쌔가리 없어~
췟!

아… 되게
안 나오네.
후비적
귀밥?
응.
걔가 너 좋아하나 보다.
그래서 안 나오나 봐.
난 얘 싫어…
우짜냐.
잼이 많네~
팽!
식인종이 잼 많아서
너 좋아하겠다.
팽!

발상이 독특하네.
더러운 발상...
까르르
으...
개가 널 좋아하나 봐.
으악!
엄마.
나 인기가 많네?
그러게~ 부럽다!

비법 알려줄까?
짝!
아니, 안 궁금해.
인기 많아서 피곤하네?
NEW

생각보다 고집

가만 보면 너도 참 고집 있어.
나?
?!
예전엔 몰랐는데 하고 싶으면 어쨌든 하더라.
ㅋㅋ
예전엔 제가 뭘 저런 걸 하나… 하고 속으로 생각했거든.
뭣이!

책 쓴다고 서울 다닐 때도 그랬고 고양이들 입양 사건*도 그렇고.
내가 한다면 해~
우쭐
그렇더라. 지켜볼수록 참 고집 있다 싶더라고…
고집 있는 여자라고!
우쭐
적당히 해.
끄덕

* 주인을 설득해 사무실에 방치된 고양이들을 입양 보낸 사건

우리 어무이도 고집 있지~
내가 떼써도 아닌 건 절대 안 들어주잖아.
말 같은 소리를 해야 들어주지~
ㅋ
ㅋ
사람은 고집이 좀 있어야지.
좋은 고집만.
아, 그렇지.
많이 부리고 살라.

효년

요즘 주말에 뭐하냐?
엄빠 가게 도와줌.
와~ 효녀네~
ㅋ
효년이지.
효년이지.
!!!
효년이라니…
!
효녀 + 개년
= 효년
나 같은 자식에게
엄마!
왜?
아주 딱인 것이다.
효녀
김예지
개년
김예지

효녀 모먼트라면
엄마 ~♥
대소사 챙기기
생일상 차리기
여행비 다 내기
예지가 다 해주니깐 좋네~
같은 것들…
더 그리려니깐 없네…
개년 모먼트는…
끼야아!
왜저래…

화내기
내가 언제!!
짜증 내기
몇 번 얘기해?
한 번
막무가내
이러고 가면 어떡해!
잘 부탁해!
소리 지르기
꺄
하…
계속 말할 수 있겠지만…
아까랑 다르게 그릴 게 많네…

이렇게 적절한 단어라니
효녀네요.
효년이겠죠.
나뿐 아닌
오오, 효년!
야, 너도?
많은 딸을 울린 단어
야, 나도!
엄마…
자랑이니?
응?
효녀 모먼트 좀 더 많이 만들게…
자랑이냐고~ 효년아~
히히…

모녀지간(서로에게서 독립하는 법)

포유류인 인간은 열 달 동안 자신의 새끼를 품어 출산한다. 그리하여 나 또한 엄마의 뱃속에서 열 달을 보낸 뒤 세상에 태어났다. 나의 고향이자 근원지는 엄마의 자궁이었고, 그것은 내 생애 다시없을 타인과의 물아일체였다.
세상에 믿을 곳 하나 없이 태어난 무기력한 존재를 먹이고 재우고 키워내며 사랑을 준 엄마를 어떻게 사랑하지 않을 수 있을까. 그런 우리는 서로를 신뢰하고 사랑하여 정서적으로 내밀한 사이가 됐다. '정서적 내밀함'은 육체는 분리되어 있지만 정신은 연결된 듯한 기분을 느끼게 해준다. 이 기분은 서로를 이해하고 수용하는 데 좋은 영향을 주기도 하지만 때론 과하게 의지하거나 독립적이지 못한 상태로 만들 때도 있다.

30대에 접어든 뒤 '이 기분'이 가끔 '미성숙한 나'를 만드는 것은 아닌지 걱정되기 시작했다. 어릴 때는 경제적, 정신적, 신체적 등 모든 면에서 미성숙하기 때문에 정서적으로 엄마에게 의지하는 게 부끄러운 일이 아니었다. 어른들의 도움이 필요한 시기가 맞다. 하물며 20대까지도 그런 '내밀함'이 꼭 나쁜 것은 아니다. 아직 세상 물정 모르는, 사회에 미처 적응하지 못한 초년생에겐 든든한 정서적 지원이 필요하다.

그러나 사회인으로 태어난 지 10년 차가 넘어가는 30대라면 이야기가 조금 달라진다. 10년이면 강산이 두 번이나 바뀐다는 요즘 '나는 여전하다'라면 어떨까? 답답하지 않겠는가. 다행히도 많은 부분 독립적이고 강단 있는 사람으로 성장했지만 여전히 미성숙한 나를 발견하곤 한다.

첫 번째, '청소일'을 할 때의 모습이다. 사업자등록증엔 '김예지'가 적혀 있지만 최종 결정자는 '엄마'다. 9년을 해 온 현장 청소일은 각자의 역할이 잘 분배돼 있다. 하지만 그 외 새로운 일의 견적이나 협의 사항이 발생하는 경우 전적으로 엄마가 담당한다. 그럴 때면 '내가 다른 사람과 청소일을 했다면 이렇게 수동적으로 했을까'라는 생각을 종종 하게 된다.
이런 고민을 슬쩍 이야기하면 엄마는 여러 가지 일을 하는 나보다 청소일만 주력하는 자신이 대외적인 일을 맡는 게 더 효율적이기 때문이라고 말한다. 단순히 엄마여서 일을 더 많이 하는 게 아니란 뜻이다. 그럼에도 여전히 찜찜한 이 기분을 어떻게 해결할 수 있을까?
내가 더 관여해서 책임을 지면 그때야 만족스러운 기분이 들까? 아니면 마음을 놓고 받아들여야 할까?

두 번째, 경제적 독립의 문제다. 나는 여전히 용돈을 받으며 생활하고 있다. 청소일로 벌어들인 돈은 전적으로 엄마가 관리하고 프리랜서로 번 돈도 일정 부분 관리되고 있다. 핑계라면 핑계겠지만 금융 지식도 빵점이고 엄마가 관리해주지 않으면 스스로 어떻게 해야 할지를 모른다. 이 역시 청소일처럼 엄마가 나보다 재테크에 관심이 더 많고 잘하니깐 맡기고 있지만 한편으론 불안한 마음도 있다. 경제적 독립이야말로 참된 독립이라고 여기는 나인지라 이 윤택함을 벗어나지 못하고 평생 기생하는 숙주가 될까 걱정이다. 엄마의 노고가 무척이나 감사하지만(사랑해, 엄마!) 그것과는 별개 감정이다.

이런 이유로 정서적 내밀함이 주는 찝찝함의 원인을 찾고 싶어졌다. 단순히 독립해야 한다는 강박 때문에 무조건 혼자 해내려는 생각도 무시할 수는 없다. 의지해야 할 부분과 독립해야 할 부분이 정립되면 혼란한 마음도 정리가 되지 않을까.

결혼해서 가정을 꾸리는 것은 부모에게서 떨어져 나와 자신만의 터전을 확장했다는 공표이기도 하다. 그러나 비혼의 자녀들은 그런 정확한 기준이 없다. 성인이 된 뒤 거주지를 분리해도 여전히 부모에게 귀속된 취급을 당하는 사람이 많다. 그래서 부모에게서 더 떨어져 나와 자신만의 확장된 터전을 만들어 공고히 다졌음을 일러주고 싶은지도 모른다. '엄연히 독립된 인간'이라고 말이다.

나이가 들면서 지향점과 자아가 명확해지는 때 결혼이라는 절차를 통과하지 않고도 엄마와 내가 분리되는 방법을 찾고 싶다. 더불어 모녀지간인 동시에 서로의 든든한 조력자로 발전하고 싶다. 엄마에게 소속된 내가 아닌 두 사람이 존재하는 세계. 그런 세계를 만들기 위해 지금 이런 혼란을 겪고 있는지도 모른다.

인생에는 나이마다 해결해야 하는 과제가 있다고 한다. '독립적인 인간'이 바로

30대 김예지의 과제인 것 같다. 부모에게서 사냥하는 법을 체득하여 독립하는 야생의 새끼처럼 나도 오롯이 혼자 책임지고 실패하고 좌절하는 완벽한 독립을 하고 싶다. 그렇게 해서 엄마와 딸, 노승희와 김예지가 서로의 조력자로 존재하는 세계에서 만날 수 있길 바란다.

다 똑같이 살 순 없잖아

1판 1쇄 발행 2023년 4월 30일
1판 2쇄 발행 2023년 5월 8일

지은이 김예지
펴낸이 김수연
마케팅·영업 김수현
교정 김미경
디자인 엘리펀트스위밍

펴낸곳 도서출판 다크호스
출판신고 제2022-000189호
주소 경기도 고양시 일산서구 대산로 123 현대플라자 3층
전화 070-8983-5827
팩스 0504-254-6022
전자우편 dark_2023@naver.com

© 김예지, 2023

- 책값은 뒤표지에 있습니다.
- 잘못된 책은 구입하신 서점에서 교환해드립니다.